GONGYE CHANG

公冶长

百舒清 著

山西出版传媒集团 北岳文艺出版社
BEIYUE LITERATURE & ART PUBLISHING HOUSE
·太原·

图书在版编目(CIP)数据

公冶长 / 石舒清著 . —太原 : 北岳文艺出版社 ,
2023.4

ISBN 978-7-5378-6685-9

Ⅰ . ①公… Ⅱ . ①石… Ⅲ . ①中篇小说—小说集—中国—当代②短篇小说—小说集—中国—当代 Ⅳ . ① I247.7

中国国家版本馆 CIP 数据核字 (2023) 第 023595 号

公冶长

石舒清 / 著

//

出品人
郭文礼

选题策划
左树涛

责任编辑
左树涛

封面设计
张洪海

印装监制
郭勇

出版发行：山西出版传媒集团・北岳文艺出版社
地址：山西省太原市并州南路 57 号
邮编：030012
电话：0351-5628696（发行部）　0351-5628688（总编室）
传真：0351-5628680
经销商 ：新华书店
印刷装订：山西人民印刷有限责任公司
开本：787mm × 1092mm　1/32
字数：150 千字
印张：6
版次：2023 年 4 月第 1 版
印次：2023 年 4 月山西第 1 次印刷
书号：ISBN 978-7-5378-6685-9
定价：59.80 元

目 录

马　氏

清光绪二十六年盛夏的一天，直隶抚宁县台头营周各庄发生了一起惨案，李季昌一家十八口被杀身亡。

事情的起因几乎不足一道。李季昌家的小长工赶的羊群不小心吃了王家的豆苗，王家兴师问罪，李家赶紧赔礼道歉，并答应赔偿损失。但王家不依不饶，说李家故意使坏，让雇佣的放羊娃把羊群往别人的豆地里赶。这不是毁坏豆苗的问题，是心眼坏了的问题，是气不忿儿。这就说到王李两家。周各庄说是个庄子，实际比一个镇子还大，常住人口两千有余。镇子上最为显赫的人家，王家第一，其次就算李家了。虽说李家居于次位，但实际比较起来，两家实力还是很悬殊的。不知怎么的，王家总是看不惯李家，好像他家的好运气一部分被李家占走了。李家是如何伏低做小都不成。怕什么来什么，怕和王家有粘连，偏就碰上了，那么多的地，羊哪里也不去，专往王家的地里跑。说来也是王家的地太多了的缘故。王家狮子大开口，要李家因此割给他家六十亩地，这事就算完，不然，完不了。李家愿意出十亩地，用来息事宁人。两下谈不拢，紧张起来。其时抚宁县一带，土匪常常越过长城袭扰百姓。王家见此形势，就派人给住在县城的当家人王举人报告，说王氏一门，声名显赫，远近皆知，现在竟受村霸李家欺负，公然把羊赶到咱们的地里吃豆苗，这不是吃豆苗，这是欺负咱们王家没人。这次如果不示以牙爪厉害，以后不知道会怎样呢。现在正好趁着匪患良机，咱们行动一下，就说是土匪所为，匪患频作，谁查得着？王举人深思熟虑后，就写了一个手令让来人带回，关键的一句话是，不做则已，做则斩草除根，不留后患。于是就发生了李家一十八口被人杀了的事情。

李家满门，只活了两个人，一是李家的掌柜的李季昌，一把大刀在手，拼死杀出重围；一是李季昌的三儿媳妇马氏，在娘家坐月子，得免一劫。事后，公公、媳妇碰到一起，都痛得捂心口子，恨得磨牙茬骨。公媳商量好了，李季昌在家守护着现场，儿媳妇马氏去告官雪冤。马氏还没从月子里出来，婴儿怎么办？事不宜迟，顾不上那么多了，婴儿就留在娘家让娘家人照看着。马氏开始了告状之旅。先告到县上，问你告谁？告王举人。县上说王举人有分身术吗？发生事情时，王举人在县上协助知县张石防匪，官民皆知，怎么可能去杀你家人？告到永平府，永平府以知县做证为词；再告到通永道台衙门；再告到保定府直隶总督衙门；连刑部衙门、大理寺都去告了，两处衙门查实，确实案子发生时，王举人在县上辛苦防匪，不止官员有见，百姓多人也可为证的；还有一个理由是，王家世代显宦，书香门第，哪里会做出这等事来，你到处乱告，不是气疯就是吓疯了吧？

马氏还能到哪里去告？

刚刚出来的日子，马氏的胸前还有奶汁渗出来，后来也就没有了，两个奶头好像干了似的。马氏日日在街上无目的、无方向地来来去去，看着满街人影像画片里似的那样往来交织，像在纺一件其大无比又莫可名状的什么。好多次马氏都觉得自己好像是在深深浅浅的睡梦里走着，每一脚都有踩空了的感觉。她真怕自己疯掉。

一天黄昏，她在一座很是堂皇雄伟的门前站住。她动了一个心思，如此不一般的所在，里面一定住着不一般的人，要是在这里面熟络了，或许有些可能吧。她把这一家记住了。转天门里出来一个女人，好像去街上有什么事，马氏就在后面悄悄跟着。也是马氏命好，那女人走着走着，身上掉下一个东西来，女人好似并无察觉，马氏忙捡起来赶上去，还给了那女人。其实也不是什么重要的东西，但那女人却很感激。原来她是去皮衣店给女主人取一件皮坎肩。两人一路走了一段，马氏说我来京寻夫不着，如今又不知到哪里去才好。那女人说看你身体还算好，不知针线茶饭如何？马氏就说自己从小受娘指教，针线茶饭也都好的，原来家里也是个大家庭，有时候吃饭的人有二三十人，我也能做得出来，不误事情。女人说，那这样，我去问问，你明天这个时候在门外等着。第二天，马氏守约在门外等着，后来沉重气派的大门开了一条小缝，就见那女人的脸出现在明暗交混的门缝里，在向马氏笑着招手。

这样马氏就成了这深宅大院里的一个雇工。

她也不知道这是谁家，也不问，就是规规矩矩、勤勤苦苦做活计，好像她是来这家做苦力还债的，下多少苦也不累。这样她很快就引起了一个福晋的注意。福晋生了孩子，缺好的奶妈，看到马氏的胸前湿着，就问那是怎么回事？原来在这里吃得好有指望，马氏的奶水又回来了。马氏每天都要偷偷地把奶水挤几次，边挤边哭，边哭边挤。听福晋问，马氏就苦笑着说，孩子生下来就死了，奶水不知怎么的却越来越多。福晋动了心思，找良医摸了马氏的脉，确认马氏没什么疾病，就商量让她不要再干别的，专门给自己的孩子当奶妈，工钱翻三倍。马氏愉快地答应了。

这样子在这高门大宅里有两个多月，日子过得可真是快，转眼就秋凉了。一天，马氏当着福晋的面喂奶，好像忽然是没忍住，眼泪大滴掉在吃奶的孩子脸上。孩子蹙着眉头显得不舒服，吓得马氏不知擦自己的眼泪好，还是擦孩子脸上的眼泪好。福晋同情地看着马氏，说你肯定有什么事瞒着我，有什么事你给我说，说出来我听听，就算我不能帮你，还有能帮你的人呢。辛辛苦苦这几个月，做梦都等的是这句话呀，马氏的眼泪小溪一样流下来，旁边的丫鬟就把孩子从她怀里接过去。马氏说，本来我不想说，也不敢说，劳您问了，我就说说。我真不是个好妈妈呀，咋能那样说我的儿子呢，咋能那样说呢？我说的时节您不知道我心里多害怕，我恨不得把我的嘴拧烂撕碎。我给您说了那个话后，夜里我不睡觉都在祈祷，我是不得已说那个话的，神他是明白我的心的，神他明白我的心就会原谅我的嘴。马氏向福晋承认，自己对她撒了谎，自己的孩子还活在世上，才三个月多一点，但是他没福气吃妈妈的奶了。马氏的这个开场白说得太长，好像她需要把这个开场白说这么长似的。她不但给福晋说，也是给自己说，需要自己救一下自己，需要自己饶恕一下自己。说这些的时候，她好像控制不住了似的，但是说完这些，说接下来的话的时候，她就好像很快变得理性了。她对福晋说了自己在各个衙门告状时说的那些话，那些话她都可以背下来了。福晋是第一次听，听得很认真、很动容。过后，福晋拉着她的手，用一种不可描述的笑冲她笑着，说也许你说出来就好了，没事，你还是好好当你的奶妈吧。不管三七二十一，马氏忙忙跪下来，给福晋磕了几个响头。

等马氏知道消息从王府出来，王举人已经被斩首在街头了。原来王爷听了福晋的话，就派人彻查这个案子。王家也是有恃无恐，竟然还留着王举人当时写的那个手令，留着做传家宝吗？这个东西到手后，就不用再说什么了。

王举人被正法的第二天，福晋等马氏奶完孩子，就示意丫鬟接过孩子。福晋面带微笑向马氏表示了谢意，说这是你最后一次帮我奶孩子了，多谢！你家的仇给你报了，你可以回去了。

马氏觉得自己就像被摘掉脑袋的向日葵那样走出福晋的房门。走出大门来，她都不记得自己是否给福晋道过谢，磕过头。她连自己住的地方也没有回去看一下。不知怎么的，马氏就一路走出了这深宅大院。拉开大门的时候，门的响声那么古怪，像给她交代了一句无法听懂的话似的。门槛高得她抬腿才可以迈过去。拉上门，门那么重那么有分量。她站在门外了，抬头又看了看这门。门好像非常高大，她都看不清了，好像低着头在俯视她。马氏觉得眩晕，手在大门上撑了片刻，就离开了那里。

漆 园

姬县长大刑伺候了两天后，余汝廷就交代了人是自己杀的。姬县长说，好嘛，你要是早招了就不用受这些皮肉之苦，不要想着硬往过扛，扛不过去。石头比你硬吧，只要事情真是石头干的，我也给他能审出来。听你吱哇乱叫，我心里也不好受。姬县长在案子后面探着身子，好像这样子可以离案前跪着的人更近一些。他鼓励余汝廷说下去，话匣子打开了就不要收住，说说所杀何人，为着何事。姬县长说，赶紧说了回去缓着去吧，晚上改善一下伙食，给你吃上一顿好吃的。姬县长说完就盯着余汝廷，好像只要余汝廷一说，就会万事大吉，当庭获得释放一样。余汝廷也偷眼看着姬县长，一双不成样子的手在膝盖上搓着，像要搓出什么来，忽然就俯下身子，头响响地叩在地上，而且被地吸住了那样，久久地不再起来，像一盏黑乎乎的油灯被碰翻在老旧的桌子上。姬县长已经慢慢坐直了身子，脸色不好看。这时候他身旁一个师爷模样的人轻手轻脚过去，在姬县长耳边说了点什么。姬县长挥挥手，让人把余汝廷带下去，像没摘到果子那样怏怏地退堂了。

第三天还是打。姬县长的夫人在后堂听得难受，对姬县长说，你打成这个样子了他都不说，是不是他真没说头？另外，他把杀人的事都招了，又不讲他所杀何人，所为何事，你觉得这合理吗？打是个办法，打也不是个办法，能打出实话，也能打出冤枉来。你打他不说，你也是白打。何不放上两天，你再想想有没有别的思路，让他也掂量掂量，说不定过两天，他想通了，主动找你说呢。姬县长听了夫人的话，把审理余汝廷的事暂停下来，同时把死者放在大堂前的院子里，让满城百姓来认认死者究竟为何人。怎么认啊？好好的一个人，已经给拆卸得零散了。可就有人认了出来，原来这死者虽然被弄得一块一块，但从手脚都能看出一个特点来，他的手脚都生有六指，手脚都生有六指的人是不多见的，很快就被认了出来。原来此人叫李某某，绰号叫李六指，在东水乡漆园街杨柳氏家当长工。

死者查出来了！

赶紧着人去杨柳氏家查勘。在磨坊里看到没能完全清理的血迹，在柴火堆里找出死者的衣服鞋帽，官差就把杨柳氏母女二人一索子系来了。坐在大堂的姬县长仔细看了杨柳氏好一阵子，都没有开口。但是审理没有犯难，刚一搭话杨柳氏就招了，连耳朵也不需要拧一下。清朝的刑法里有拧耳跪链一刑。杨柳氏让老爷听个公道，好好的谁愿意杀人，谁不知道古来杀人就要偿命？所以杀人，是不杀自己活不成，杀了自己也活不成，算来算去，都是活不成，还是把他杀了的好。杨柳氏说，李六指娃娃的时节就在我家里当长工，踏实肯干能干，后来掌柜的不幸让土匪打劫丧了命，家里就更加离不开李六指。李六指是一个男人，在这个家里许多年，方方面面都熟悉。杨柳氏给李六指加了工钱，李六指也答应留下来。

姬县长问杨柳氏多少岁，说四十四岁；问李六指多少岁，说二十几不到三十。杨柳氏说，事情到这一步了，人都杀下了，羞丑也就顾不得了，都说了吧。在一起时间长了，我毕竟寡妇拉娃娃，就和李六指好在了一起。李六指到了结婚成家的年龄也没有再结婚，一心一意都在这个家里。要是这么着过下去也好啊，等女儿寻个好主儿出嫁了，他们两个守着老掌柜留的这点东西，也就这么着过下去了。但事情总是不按你想的来，随着女儿的一天天长大，我们母女的危险也来了。姬县长问你女子多大？杨柳氏说，我命苦，前头生了三个，一个没活，没活的里头，还有两个是儿子，到菊花子，活下来了，就这么一根独苗，是老掌柜唯一留在世上的骨血。我嘛成这么个样子了，不能让菊花子再有个啥闪失，那到了儿咋见老掌柜的？所以我全部的打算是不能让女儿受一点磕碰，平平安安给女儿找个好人家嫁出去，我就算完事，自己怎么着都可以。我早就发现李六指对菊花子有歹心，我给李六指说，女儿还是个娃娃，她有她的将来呢，有人家的光阴呢，你不要手伸得太长。有时节在一起，两口子那样要高兴了，李六指也胡说，拿菊花子胡说。那样的时候，不管多高兴，我都马上翻脸，让李六指知道有些事情就是连开个玩笑也不可以。杨柳氏说，我后来都想着把李六指辞掉不用了，但请神容易送神难，针头线脑里里外外一大堆，不好辞了。

一天夜里睡得昏沉沉的，忽然听到响动，动静不小，好像有打闹声、嘶喊声，杨柳氏惊醒来，身边空着，李六指不在。她好像知道发生什么事了，忙忙提了擀面杖往女儿的屋里跑，果然看到李六指和女儿扭打在一起。杨柳氏的擀面杖还没有打到，李六指就跑出去了。杨柳氏在后面追得紧，追得李六指翻过院墙跑了。菊花子捂着被撕烂肚兜的胸口边哭边埋怨她这个当妈的，说再不把这个祸害赶走，我就死，我死了剩下你们两个好好活去。菊花子这话像鞭子抽在杨柳氏脸上。辞是辞不掉的，要是掌柜亡的时节辞掉就好了，那时候是能辞掉的，现在还怎么辞，人家觉得这就是人家的家呢。

辞嘛没法辞，过嘛过不好，这么着翻来覆去一盘算，杨柳氏主意定了。

过了有半个月，杨柳氏把女儿打发到自己的一个亲戚家去住两夜，然后就约了李六指谈心，做了不少好吃的，酒也一再满上，说今儿菊花子没在，我们好好说一说，一是我杨家出钱，给你李六指说个媳妇子，你从此好好过你的日子去；如果这个不行，你的心思还在菊花子身上，那得给时间，得慢慢来，得慢慢做菊花子的工作。人的事情，尤其婚姻，总不能硬来，硬来的没有好的。杨柳氏会说，说得李六指很感动。李六指说，那就你还是问问菊花子，毕竟在这个家里多年，也熟悉了，时间我不急，一年不行两年，两年不行三年，我都等得住。只要菊花子答应，我就在这个家里驴马一样受苦也乐意。一听李六指还是这话，杨柳氏的主意就定了。她说那这么多年我是你的个啥？为了安慰讨好杨柳氏，李六指一连喝了不少酒，把自己喝得稀泥一样软在炕上。

杨柳氏就把李六指拾掇了。害怕重，拿不动，就把他牛羊一样卸了，一点一点埋在了这里那里，知道埋不了多长时间，埋一天是一天。杨柳氏招供后，就静静地跪着，听凭处治的样子。姬县长又细细看了杨柳氏一会儿，忽然两根手指唱戏那样指向杨柳氏，指了好几次才说，你这个女人了不得。果真你一人所为，你女子没有参与吗？杨柳氏说，杀人偿命的事，我会把女儿牵扯进来吗？这个简单，你问问我二姨就知道了。出事的夜里，我女儿在我二姨家里，几个女娃娃一起包红指甲。杀人偿命，你一个女人家就不怕死吗？姬县长问。杨柳氏没有说什么，就不好再审下去了。没有什么审头了，退堂。要是案子都像审杨柳氏这样审，也是很没有意思的。

就等着择日宣判了。

然而未及宣判，又出来一个人，说杀李六指的不是别人，是我李凤起。

李凤起又是什么人？李凤起，本县东水乡漆园街人，能文能武，以给富汉家的孩子教书为业，曾拜杨柳氏的丈夫杨仁怀为师，学过武艺等等。杨仁怀身死匪手后，他讲过要为师父报仇雪恨的话。后来劫杀杨仁怀的土匪被公家正法，李凤起就失去了为师父亲手报仇的机会。杨仁怀刚出事那段时间，李凤起往他家跑得很勤，来了做这个做那个，过年的时候，还写春联贴在杨家的街门上，说让师父看着高兴。后来慢慢就不来了。就在不久前的一天，杨柳氏悄悄找到李凤起，说家里愁肠不安，我怎么着都可以，菊花子出个事没法给老掌柜交代。李凤起表态说，我师父的事就是我的事，谁叫我师父土里头睡不安稳，我就让谁在世上睡不安稳。两人一密谋，就在一天夜里，打发菊花子去亲戚家睡觉。杨柳氏约了李六指喝酒，喝到差不多时，李凤起进来了。看李六指泥一样软在炕桌边，李凤起就让杨柳氏出去。杨柳氏要求在一边站着，但李凤起还是让她出去了。杨柳氏给李凤起跪了一跪出去了。一会儿，李凤起背着个沉甸甸的袋子出来，见杨柳氏立在黑乎乎的墙根下，就告诫她不要进屋里去，自己马上就会回来。一会儿李凤起回来，见杨柳氏原地没动，就没有说什么，自己进屋里去，又背出一袋子来，前后背了三次，然后天也慢慢地要亮起来的样子。

让杨柳氏、李凤起当面对质，问杨柳氏，李凤起所言可是真实。杨柳氏不看李凤起，也不看任何人，只是埋头哭个不停，和上次审问她时敢作敢当的样子比较，已经判若两人。这就等于承认了。姬县长好像被这个案子搞得有些糊涂了。姬县长一副感慨无尽的样子。他用一根软软的手指指着李凤起说，杀人偿命，想必你是知道的。李凤起说，回大人，我知道。这样的案子有什么审头呢？这样的案子让审案者无话可说无可作为，有那么一瞬间姬县长有些走神，好像不知道接下来干什么才好。但他还是想起了紧要的想问的一句话，他问李凤起，你也是识字人，晓不晓得圣人讲过，“吾未见好德如好色者也”？难道你豁出年轻性命，真没有一点别的想法吗？这话问得李凤起激动起来，他几乎要站起来说个分明，但还是跪着，抬起头来，明白无误地看着姬县长说，你是大人，这是大人之言吗？我为我师父死，这个我是能做到的。你说这不合适的话，是要逼迫我也要说出不合适的话吗？说得姬县长当即红了脸，姬县长清喉咙那样咳嗽着说，那好，你堂堂正正去见你的师父吧，我理当成全。李凤起就被定成了死罪。李凤起所为，在以所谓仁孝治国的旧中国，是有一些空间可以腾挪借用的。姬县长未始不想帮帮李凤起，但李凤起当堂抢白他这个一县至尊，使他很有些下不来台，可有可无地帮帮李凤起的念头，也就顺道改流，随风而逝了。

处决李凤起后的第三天，姬县长才释放了余汝廷。

姬县长觉得审案嘛还是要审余汝廷这样的人，有意思。

那么，余汝廷是怎么牵扯进这个案子里来的呢，看来他和这个案子半点关系也没有啊？问题就出在余汝廷是个屠户，常常给人宰羊屠牛。犯案那天，他正好给一家人宰了牛，主人家给了他一副牛下水作为酬谢。他就一路提拎着回家来，一路血迹不干不说，在街门上还蹭出一道鲜明的血印。人一告发，余汝廷就被逮进来了，一打再打，就招了。闻悉真凶查出，余汝廷在监牢里就高兴得很，一边受着众狱友的恭贺，一边连连夸着姬青天姬大老爷。姬县长最后一次提审余汝廷时，他已经跪得心服口服，感动极了。姬县长也很有些动情，说对不住啊，打得你那么狠。余汝廷哭得眼泪鼻涕都出来了。姬县长说，为什么没打别人打了你呢，你想过没有啊？余汝廷把头埋在地上哭着。姬县长说，我替你想了一想，你想想你前前后后杀了多少生，害了多少命啊，这是你难免的一劫，从此以后你就会好起来。我劝你再不要当屠夫了，你听你这个名字多好，这就不是个适合屠夫的名字嘛，你以后应该干点和你的名字相一致的事。

姬县长生了慈悲心，发了慷慨，给了余汝廷一百两银子，让他放下屠刀，别寻生路。

毒 蜂

民国三十二年五月的一天下午，西丰县青羊乡第一保保长何俊涛之妻何姜氏，趁何俊涛外出之际，和乡长何鲁生通奸，被童养媳黄秀英发现了。黄秀英年十五岁，父母早亡，被何俊涛买来给儿子何晓如做童养媳，四五岁时买进，在何家快十年了。何晓如除了生就的兔唇外，没什么大的毛病。

要是知道何姜氏的屋里是那么个样子，黄秀英说什么也不会进去的。当时黄秀英去给羊找草，路过一片杏林的时候，见无人看管，杏子青中泛黄，伸手可及，就没忍住摘了半兜子。回来把带花的苦子蔓倒在羊槽里，看羊大口吃着，黄秀英觉得欣慰。羊大口吃草的样子真是好看。黄秀英打算把杏子挑好的孝敬给何姜氏几个，然后自己稍稍歇缓一下了再去挑水什么的。她像往常那样，梦游着一样推门就进。虽然黄秀英一探身就退出来，一个后脚跟在门槛外还没来得及进去，但何姜氏还是看到她了。何姜氏在何乡长的胳膊边上看到黄秀英。何姜氏看黄秀英的眼睛像烟头被猛地吸亮了那样。黄秀英一出来就把脸埋在自己的胸前，躲避着不看什么似的，一路跑到墙角的灶房那里去了，兜子里的杏子都惊得跳出来，在满院的阳光里跳跳弹弹地滚。

一时好像有一种很是乖张地安静。

何姜氏对还在顾自忙乎着的何乡长说，坏了坏了，叫看着了。何乡长说，谁看着了？何姜氏说，黄女子看着了。何乡长说，黄女子看着不要紧。何姜氏说，你把门都没划嘛，你这个人哪。这期间，何乡长一直忙乎着停不下来。何乡长含混地说着什么。他大滴的汗珠接二连三砸在何姜氏的鼻尖上、脸上，像是提醒何姜氏不要跑神。何姜氏也就哼哼唧唧，不管不顾地配合起来，觉得乡长的大屁股像个水球似的搂不定。完了事，穿衣服的时候，何姜氏又说坏了，叫黄女子看着了，说出去就坏了。何乡长坏坏地笑着说，不要怕，她要说，我收拾她。何姜氏撩起大襟擦着脸上的汗说，你赶紧走，今儿这个事情做瞎了。何乡长埋怨说，骂你吧又说我骂你了，叫我缓一阵阵行不行，我这一阵腿软着能走吗？你要怕你儿媳妇子说，我有个好办法，就怕你又不依。何姜氏说，赶紧走吧，这一段时间，咱俩先不要见面了。何乡长走到门口，被门的阴影遮着，看上去好像一个人刚刚从水里打捞出来。何乡长说，放心，有你这样的婆婆，十个黄女子也不敢说啥，叫我看，黄女子的魂都叫你吸了。随着木门咣当一声的响，何乡长不见了。何姜氏看着有些狼藉的床单，渐渐凉下来的身子有些僵。她摇摇头，好像对自己做过的事情有懊悔似的。真是太胆大、太马虎了啊，门没划不说，窗帘也没有拉严实。她这样想着一把拉开窗帘，猛然间出现在眼前的亮光使她一阵晕眩。

夜里，和外出归来的何俊涛也亲热了一番后，何姜氏捋着何俊涛不多的几根胸毛，请他给自己出个主意。何姜氏说，不得活了，今儿趁着黄女子出去给羊找草，我把家里的鸦片烟拿出来晒，不小心叫回来的黄女子看着了，这要是说出去还了得。没等何俊涛说什么，何姜氏又说，我倒没啥，你是一家之主，你得受连累。何俊涛说，我是个啥一家之主嘛，你又不是不清楚。何姜氏说，那你说黄女子要是说出去，公家找我还是找你？何俊涛说，你不要叫黄女子说嘛，你要不让说，黄女子她敢说？何姜氏说，问题就在这里，黄女子心里头恨我着呢，她才有可能说出去，嘴在她身上长着，谁保得住呢。何俊涛说，那咋办，总不能把黄女子弄成个哑巴吧？何姜氏说，我就问你一个问题，要是黄女子把鸦片的事说出去，你觉着事情大不大？何俊涛说，那肯定是了不得的事嘛，在命上说话呢，绝对不能说出去。国民党那时候贩毒的人多，一旦抓住，一旦明朗化了，处理起来又是极严厉的，事涉鸦片，说要命就把命要了。这样的例子多的是。何姜氏说，那就对了，你这样说，说明你还是个明白人。那么黄女子对咱们来说就是个危险人物，不是哑巴不哑巴的问题，哑巴也能给你指画出来。现在是只要黄女子在一天，咱们就一天不得安生。何俊涛说，你是什么意思？何姜氏说，我是什么意思你还用问吗？鸦片是你弄来的又不是我弄来的，说来说去还是你弄下的这些烂事，让我一个女人家给你擦沟子。黄女子她不会往外说吧，说了对她有啥好处呢？何俊涛没有多少底气地说。何姜氏没有说什么，转过去给了何俊涛一个后背，使何俊涛觉得，这样子下去，连自己的处境也要莫测起来。他摸了摸自己的阳物，然后说出了自己的想法。他说家里的事，一贯你做主的，这么大的事，我确实没有主意，你定。可能最近几天，我有事要出去一下。何姜氏说，你走吧，走得远远的，原本我就没想靠你。何俊涛忽然想起了似的说，你跟儿子说了没？是他媳妇子啊。何姜氏说，看你这个爹厉害的，给你儿找了个童养媳，我儿子就那么缺媳妇吗？你儿子啥都听你的，这个我知道，你们娘儿母子弄去吧，我不管了。何俊涛说着，被子把头包起来，自己出的气使被窝里热烘烘的不舒服。他就这样子不舒服着，也不把头从被窝里伸出来。

黄秀英的尸体是死后很多天才被挖出来的，就在何俊涛家的一棵老核桃树下。何俊涛的邻居是一家茶楼，说书听曲喝茶，向来人流不断，很是热闹。有人发现何俊涛家多日大门紧闭，无人进出，到后门那里看了看，后门也挂着一把大铁锁，就报告到乡上。乡上来人查勘，见这家好像过喜事又遭遇变故的样子，菜没吃净，酒瓶歪倒在桌子上，酒瓶里的酒摇得咕咚咕咚响，也没人敢喝一口。后来在院子里的老核桃树下挖出新娘打扮的黄秀英来。西丰县法院的法官鲜于善和县政府秘书孙祥庭尸检后说，尸体没有伤痕，系死者自缢身死。那问题就来了，既然是已经做新娘的人，为什么会自缢身死？是在做谁的新娘，在和谁结婚？结婚大事，为何没听到任何信息？何家为何数日大门紧闭，何家的人都哪里去了，为什么跑了个干干净净？

不知怎么一来，忽然在几个主张女权的女人的吆喝下，一下子竟聚集起来了三十多个女人，要为年轻的死者主持公道，对法院、政府做的结论不予认可，要求重做鉴定。在尸体被抬到离何俊涛家五华里的一条流速很快的河边，抬尸者被这伙义愤填膺的女人拦截了下来，只有一个要求，重新尸检。县长钱文敬的夫人苏端瑞作为一县妇女领袖，出来劝说大家。苏端瑞讲了两个意思，一、尸检毕竟是一个专业性很强的工作，请大家相信鲜法官和孙秘书；二、大家都是女人，让一个黄花闺女死后再裸身于光天化日之下，有伤风化不说，于死者也是不敬。苏端瑞说得恳切，几乎都要落泪了，围在一起的女人被说得有些松动。这时候，牵头的女人说除了鲜法官、孙秘书，再不能让任何一个男的在现场，然后姊妹们亲眼见了，如确属自缢身死，那就无话可说，如果别有发现，也算是姊妹们为无助可怜的死者寻求了真相主持了正义，想必死者也是能理解的。说得也在理。反正在这样一伙激动起来的女人的围拢下，也不大可能把尸体抬走。日当正午，炎炎六月，毒日头晒得人人失去身影，头脑发昏。当下支起一个帐子来重做尸检，实际尸检真是太容易了，真不知道鲜法官和孙秘书是怎么做尸检的，把衣服除去，把下身露出来的一瞬间，众人都觉得自己好像是老鼠被夹子夹住了那样，眼前黑了一黑，几乎喘不过气来，只见黄秀英的下身，插着一把锈迹很重的梭镖。鲜法官、孙秘书没有看到这个吗？这样一眼难忘的东西他们就看不到吗？没人管这个了。

很快何俊涛、何晓如父子就被收监起来。何姜氏跑到离青羊乡不远的玉堂乡白石村躲了起来，躲在她的侄子姜冰亮家。姜冰亮从小上学就住在何姜氏家，何姜氏疼他胜过自己的儿子何晓如。姜冰亮时任西丰县县参议员。听说收监何家父子的同时，也找到了姜冰亮的门上，姜冰亮说，可以了，一个还没有结论的案子，已经把三口之家抓了两口，还要抓几个，是不是连我也要抓去？就只抓了那父子俩。民国三十三年，西丰县县长换成了何鲁生。到民国三十八年年底，六年之间，西丰县已经换了六任县长，最短的一个任期还不到一个月。1949 年9 月，由于财政吃紧，无力支付犯人给养，县上释放了一批非政治犯，这其中就包括何俊涛、何晓如父子俩。

就在何家父子释放前几天的一个黄昏，姜冰亮家张灯结彩，正在办喜事，姜冰亮的大儿子结婚。前前后后张罗了好几天的何姜氏感到有些累，而且她陪客人不小心吃得多了，肚子胀得厉害。家里的茅厕总是有人。何姜氏肚子胀得没有办法，就出了大门，按着肚子快快走了几步，走到院子后面的一片油菜地里。油菜花开得正好，在黄昏的余晖里情不自禁地舞动着，能听见蜜蜂的嗡嗡声，看不到有多少蜜蜂，听起来好像有很多，声音厚厚的沉沉的，好像在为这无数微微晃动着的油菜花唱着一首歌。何姜氏不睬这些，觉得可以稍稍遮挡住自己了，就蹲下来，真舒服，卸下了大包袱的感觉。世上最舒服的事情，就是一解水火之急。这时候，她觉得屁股那里剧烈痛了一下，但是被巨大的卸包袱的感觉冲淡了淹没了，好像是个错觉。她随便捡了块土坷垃收拾了一下，走了几步，才觉得屁股那里很痛，像是被蜂子蜇了一下。蜂子蜇一下有什么了不起呢，就像做针线被针扎了一下那样呗。

然而这一蜇蜇得真是不轻。侄孙的大喜之日，何姜氏忍着不说，但是感觉自己的屁股像发面那样肿胀起来了。她渐渐感到自己胳膊发麻，身子发硬，心在腔子里像落到深井里的兔子那样要跳出来。她觉得自己呼吸不了了，整个身子都不听使唤了。等她实在忍不住想喊出来时，已经喊不出来了。

她死的时候，就像一个粗面馍馍令人吃惊地自行发酵了那样。正好何俊涛、何晓如从大牢里出来，就把她从姜冰亮家抬回去埋了。

2020-12-5～6　银川

圣教序

大唐贞观十九年二月初，唐太宗在洛阳宫仪鸾殿召见玄奘法师，接谈未久，即为法师的仪容言辞所动，请其弃缁还俗，辅佐自己。玄奘婉言谢绝。此后两三年，唐太宗又累次旧话重提，希望玄奘法师辞离佛界，投身世务，使自己有幸多一个股肱之臣，使百姓有幸多一个心慈德韶的治理者。帝王的请求是最不好拒绝的。但玄奘法师一心佛事，不为所动。唐太宗一代明君，见玄奘心志笃定，也不勉强，然而恭敬不如从命，唐太宗心里多少有些不愉快是可以想见的。帝王的请求玄奘没有答应也就罢了，反过来玄奘对唐太宗也还有所请求。玄奘遵唐太宗所命，带着一众高僧，在弘福寺译经，译经到一个程度，即恭请唐太宗为所译经文赐以序文。封建王朝在中国数千年，请至高者为自己的著作作序的，除了玄奘法师，不知还能数出来几人。皇上说话都是金口玉言，何况作文，何况序文。设想一下，一部皇上作序的书，在众书之中会是如何耀眼夺目，何况如唐太宗这般德威并具，众咸悦服的帝王。于玄奘法师不大利好的是，李唐皇帝对佛教其实并不很上心。儒释道在有唐一代的排序是，道教为尊，儒教次之，之后才轮到佛教，李唐是尊老子为始祖的。但是玄奘法师一请再请三请之后，终于请得唐太宗招架不住，索性就写了吧，这就是千古第一序文《圣教序》，可见至少在灵活性方面，一代明君是有胜于一代高僧的。对帝王的灵活性和高僧的笃定不移，后人都由衷地竖起大拇指。

唐太宗请玄奘法师还俗辅政的深层次原因，据说有两个，一是贞观年间，惊心动魄的“太子之争”使朝廷形成巨大撕裂，唐太宗也身心俱疲，深以为虑，即打算让深孚众望的玄奘法师充为朝廷重臣，从而形成第三方势力，平衡时局；还有一个必须玄奘法师还俗的事情是，唐太宗想效法汉武帝，经营西域，如此，在西域沉浸了十九年之久的玄奘法师即成了随侍顾问的不二人选。从这个角度讲，似乎唐太宗对玄奘法师的需要超过了法师对皇帝的需要。法师一介方外之人，所求无多，只要能给予清静，不加干扰，方便译经就可以了。后来，法师之所以请序于太宗，一定是审时度势之后的成熟之请，觉得太宗待自己颇不恶，待自己很优遇、很亲善，于是就鼓起勇气，把在喉咙里回旋过不知多少次的话借一次次良机说出来。玄奘法师请序于太宗，绝非为着一己之私，而是为佛教的广大显扬。太宗当然清楚玄奘请序的深衷。这就形成了某种试探和角力，劝你还俗，你还不还？请你赐序，赐也不赐？其实所请求的事在被求者一方都是不情愿做的。在玄奘一方，请其死容易，请其还俗不易；而且我们作为后人来看，要是玄奘真是遂了太宗之请，最多不过多了一个房玄龄似的能臣而已，但是，这该多么可惜。在太宗一方，太宗对佛教并不看重，曾把对佛教的看法直接说给向佛的大臣萧瑀“至于佛教，非意所遵”，对于言多歧义的帝王来说，真是说得不能再直接了。后来，太宗干脆罢了萧瑀的相位。

李唐皇帝，尤其唐高祖李渊，对佛教是很不客气的，到唐太宗这里得到若干修正，但还是以老子的道教为诸教第一。因为老子姓李，李唐一脉，正是缘此而来。这也不是硬性攀附，有典故为证，说是高祖武德三年五月（具体到了月份），有晋州人吉善（有名有姓有来处），路过一个叫羊角山的地方，见一老头，骑一白马，样子很高古，对吉善讲，请你传话唐天子，我是他的先祖，今年这一仗打完后，子子孙孙可以配享国家一千年。听到吉善传话后，高祖深表惊讶，就在羊角山下立庙以记。不用说，骑着白马，相貌高古的老头就是老子本人。有了这样一条线索，连树大根深的儒教也得知趣地退后一步，遑论佛教。要是为道教的经典请序，可能就便当多了。

和玄奘法师见面的第三年，也就是贞观二十一年，在玄奘带着几个高僧夜以继日地翻译梵文经典时，唐太宗忽然插一杠子，给玄奘他们加了一道附加题，让把梵文译过来的同时，把《道德经》也用梵文译过去。玄奘法师虽然没有答应做太宗经营西域的顾问，但还是和自己的得意高徒辩机合作完成了一部关于西域的百科全书《大唐西域记》。这部著作的面世使许多同类著作相形见绌，黯然失色。实际上关于西域方面太宗要求教于玄奘法师的，基本都在这部著作里了，加上辩机特有的文学才华，使这部传世之作成了太宗的案头书，每加披览，从无倦意。

太宗劝玄奘还俗时，话说到了一个帝王可能有的最大恳切。太宗说，人君成事，总须将相助成，两目不能遍鉴，一心难为独察，即使圣德如尧舜，也不能免，何况朕这样的寡阇之人，法师不弃，请来帮助我吧。一个皇帝，话都说到了这个分上，可怎么拒绝得了。玄奘还是拒绝了。玄奘的意思是，一、您是上智之君，一人纪纲，万事自得其绪；二、您治国理政已垂二十余年，天下休平，中外宁晏，赋遵薄制刑用轻典，俱沐恩波咸遂安乐，全靠您一人的德能，“无假于人”。在“无假于人”的方面，玄奘一口气说出五条来。针对太宗说到的帝王成事有赖将相助成，玄奘说，难道桀纣就没有臣子吗？他们的结果又是什么样的呢？就算需要臣子，本朝像伊吕那样的贤能人物多得是，哪里用得着我这样不谙世务的人呢？最后，玄奘又说出了自己的志向：“守戒缁门，阐扬遗法，此其愿也，伏乞天慈终而不夺。”一席话听下来，不得不服，玄奘真是会说话者。会说话的人，一是要说实话，二是要把实话说得恳切。

听得玄奘的这一番说辞后，太宗让玄奘还俗辅政的念头算是一时收敛了，留给他的儿子唐高宗日后去接着劝玄奘了。玄奘拒绝了太宗，太宗怎么反过来又答应了玄奘的请序要求，其中细故与心迹，不得而知了。

贞观二十二年，趁着在玉华宫得见太宗的机会，可能气氛不错，良机稍纵即逝，玄奘第三次提出了请序的意思，这一次太宗答应了。太宗是忽然答应还是成熟思虑不得而知了。一旦说了，即不能悔言。不久太宗便拿出序文来。帝王无小事，何况帝王写出重要的文章来。唐太宗应玄奘法师之请写序文，而且是给皇皇经典写序文，于是序文的亮相就成了国家的一桩大事、盛事。太宗亲自到场，在庆福殿，百官云集，由弘文馆大学士上官仪当众朗声宣读。当其时也，玄奘法师也一定在场，也许协助译经的九位高僧也在，那么，辩机也在现场了。太宗、玄奘、长孙无忌、褚遂良、房玄龄，包括受命宣读的大学士上官仪，在众僧里面显得气质独异的辩机，那些能征惯战却与之乎者也相隔膜的武将，是不是帷幕后面还有后宫女眷，一时，一个个都是什么神态和心境呢？这其实是画家的好题材。从表面上来说，这无疑是中国佛教的高光时刻。太宗也在这样的盛事中不免一时恍惚，好像从中得到了某种自己并不拒绝甚至需要的东西。大德如玄奘，在此一刻，难道真的是面如秋叶，心同古井吗？

得序后，玄奘上表致谢，太宗作答。太子李治作《述圣记》，玄奘又致谢，太子又作答。玄奘上表致谢太宗说：“遂荷天恩，留神构序。文超象系之表，若聚日之放千光；理括众妙之门，同法云之濡百草……踊跃欢喜，如闻受记。”太宗作答说：“昨制序文，深为鄙拙，唯恐秽翰墨于金简，标瓦砾于珠林，忽得来书，谬承褒赞，循躬省虑，弥益厚颜，善不足称，空劳致谢。”玄奘又上表致谢，太宗又作答：“朕性不读经，兼无才智，忽制论序，翻污经文……愧逢虚美，唯益真惭。”太宗玄奘之间，一时展开了文采和礼仪竞赛，诚为一时雅事，千古佳话。趁着这股热乎劲儿，应玄奘之请，唐太宗又为一万七千余人举行正式受具足戒仪式，相当于当时全国每一座佛寺，有五人参与受度仪式。这搞得全国的男丁，一时好像都要趁着这股风气出家当和尚了。《大慈恩寺三藏法师传》第七卷一针见血地写道："所谓上之化下，犹风靡草，其斯之谓乎。如来所以法付国王，良为此也。"这是真正具有深味需要好好琢磨的话。其实无论多热闹，两方面都掌握着限度，太宗不许太热闹，玄奘不能太热闹。其中的分寸关节，两方面都小心评估并掌控着。但是不能不说，佛教能显扬到得获《圣教序》的程度，从帝王来说，太宗做到了最大可能的容让宽松，作为一代佛门领袖，玄奘也在争取佛门利好方面，做到了一个僧人可能做到的极致。《圣教序》为证，让我们由此记住了中国历史上多么值得评说的一段往事，以及与之相关的多么了不起的两个人物。

贞观二十三年，也即唐太宗驾崩之年，发生了一个案子，大理寺从一个盗窃犯那里缴获一个枕头。这可不是一般的枕头，玉制而成，价值连城，而且不是一般富贵之家能有的宝贝。这样的枕头，只能来自皇家。原来这枕头名金宝神枕，乃是太宗赏给他的爱女高阳公主的。高阳公主的枕头，怎么到了盗贼手里，很快就查得，盗贼是从僧人辩机那里盗得玉枕的。顺藤摸瓜，于是查得高阳公主的情人就是和尚辩机。二人相好已经多年，连高阳公主的丈夫房遗爱（宰相房玄龄次子）也知晓其事。房遗爱得到高阳公主赏给自己的两个美貌丫头后，便不再作声。皇帝的女儿出轨和尚，让皇上的脸往哪儿搁，于是辩机被判当街腰斩，连带被杀的还有高阳公主身边的十来个婢女。一边是自己的宝贝女儿，一边是自己的得意高足，不知此后见面，关于这个事，太宗和玄奘是怎么交流的，也许，一个字的交流也没有吧。案头书《大唐西域记》，也会是太宗的一个麻烦。好在腰斩辩机时间不长，太宗摸着大臣长孙无忌的面颊，交代了后事后，就死掉了，享年五十一岁。

只要说及《圣教序》，就不能不说到他。

乌台诗案

宋神宗元丰二年三月，苏轼调任湖州。六月，一个御史在他的上任谢恩表中找出四句认为意在谤讪朝廷的话，开始了对苏轼的弹劾。数日后，同在御史台职守的舒亶也在苏轼的诗里找出问题来，连同弹劾表章，并附上苏轼诗集；御史中丞李定的弹劾力度最猛，他列出了苏轼四大必死难活的理由。

其实早于御史台弹劾之前，著名科学家沈括就已经给朝廷打过小报告。沈括与苏轼同在馆阁，做过多年同事。沈括受命察访两浙时，神宗还特别叮嘱他，说苏轼在杭州任通判，“卿其善遇之”。大概这样的叮咛反而引起了同为臣子的沈括的妒忌，见面时，沈括恳求苏轼把他的近作录赠一首，其情甚殷，简直无法拒绝。苏轼于是就录了一首近作相赠。沈括转身就把这首诗作为证据上交朝廷，说其中如何如何大不敬云云。《元祐补录》中说，“李定、舒亶党论轼诗置狱，实本于括”，可见苏轼最终落得系狱，沈括是脱不了干系的。但是过了许多年，当苏轼苦尽甘来任杭州知州时，沈括又装作无事人，往苏轼那里跑得勤快，并且格外恭敬。此为后话，当下迫切的问题是朝廷已经收到了来自御史台的四份关于苏轼的弹劾。

此时，苏轼并其亲友都还一概不知，蒙在鼓里。

同年七月二十八日，御史中丞李定派出得力干将皇甫遵去捕苏轼。皇甫遵带着儿子和两个精心挑选的士兵，星夜进发，好像迟到一步苏轼会逃了似的。皇甫僎们的担心并非全无道理，此时得到信息的驸马王诜已派人疾报在南京的苏辙，苏辙又派人马不停蹄报给苏轼。如果是电影，我们就能看到当时的两路人马是在怎样奔行竞逐，一言以蔽之，两方面都像离开强弓的利箭奔向同一个目的地。吉人天佑，在镇江时，皇甫遵的儿子因病耽搁了半天，使得苏辙派出的人得以跑在了前头，有什么用呢，让苏轼借机逃跑吗？因此也说不清王先、苏辙报信给苏轼，究竟是怎样一个想法和目的，也许只是让他先于皇差到来，知道有这么个事吧，这样皇差真的到来时，至少不会觉得格外突兀。但是苏轼刚得到信息，皇甫遵一行就到了。皇差自然是很威风的，尤其在罪人眼里。皇甫遵一行径直疾步走上大厅。皇甫遵足蹬高靴，身着象征着朝廷威仪和法律尊严的官袍，手执笏板，煞神一样立定不动。两边是两个士兵，一袭白衣，头裹黑巾，一身正气地站着，好像他们就是跟随着钟馗来捉鬼的，怀里的包裹里好像包有利器。

文人总是脆弱的，而且文人的易感和想象力丰富的特点，使他们总是难免放大眼前的事情和自己的处境。起先，苏轼竟有些不敢出来相见，又不知道事已至此，自己出来见面，是穿官服好还是着便衣好，不是还没有免官吗？那就还是身着官服出来的好。苏轼带着自己的属下立在皇差面前，老半天，皇差竟是不发一言，好像要让苏轼明白自己的罪孽已经严重到了什么程度。再这样下去会有人昏厥了的，苏轼即开口，说自己累次开罪朝廷，死罪无疑，事已至此，那么请允许他去给家人告别辞行。实际上，只是寻常缉捕，好像并没有皇差们显现得那样严重。但是两个士兵就上前来，把苏轼绳捆索绑，牵拉以行。《孔氏谈苑》中这样描述了当时的情景：“遵促轼行，二狱卒就絷之。即时出城登舟，郡人送者雨泣，顷刻间，拉一太守如驱鸡犬。”“拉一太守如驱鸡犬”，这是让人久久不能平静的话。太守如此，百姓当如何？后来，苏轼在上神宗书中也说到对自己的缉捕，简直和捕捉一个强盗没什么区别。

苏轼系狱，名义上是作诗犯禁，实际原因是党争。王安石主政后，提拔了一干年轻人身居要职，其中就包括舒亶、李定等。苏轼在自己的诗文里确实对这些人有所讥讽，尤其在自己的诗里影射了李定的不孝。李定在心里埋下了仇恨的种子。李定一旦跻身于御史台，就开始对苏轼吹毛求疵。所以君子惹得，小人惹不得的古训，在苏轼这里是得到验证。

千年而后，捧读弹劾苏轼的文字，不禁冷汗津津，深文周纳，这些在御史台工作的人，可真是很会写文章啊。这样的文章，大才如苏轼其实也未必写得出来。且看舒亶是怎么弹劾苏轼的：“臣伏见知湖州苏轼近谢上表，有讥切时事之言，流俗翕然，争相传诵，忠义之士无不愤惋，且陛下自新美法度以来，异论之人固不为少……包藏祸心，怨望其上，讪渎谩骂而无复人臣之节者，未有如轼也……应口所言，无一不以讥谤为主。”“陛下躬履道德，立政造士，以幸天下后世，可谓尧舜之心矣。”“臣独不知陛下何负於天下与轼辈，而轼敢为悖慢无所畏忌，以至如是。”“且人道之所自立者以有义，而无逃於天地之间者，义莫如君臣。轼之所为，忍出於此，其能知有君臣之义乎？”“伏望陛下……付轼有司，以戒天下之为人臣子者。不胜忠愤恳切之至”。李定的弹劾表中说，陛下对苏轼太宽容了，希望苏轼能改过自新，但是苏轼照陛下的意思做了吗？该杀！苏轼的诗虽然荒谬浅薄，不足一论，但愚夫愚妇，不明深浅，竞相传诵，影响极大，为祸极深，该杀！最后，李定刳肝沥胆一般写道：“臣叨预执法，职在纠奸，罪有不容，岂敢苟止？伏望陛下断自天衷，特行典宪，非特沮乖慝之气，抑亦奋忠良之心，好恶既明，风俗自革。”这样的文章写得人说不出话来，写得真好啊，还要人怎么说你才能信？我要是皇帝，也要为这样的文字动容了，也要被大胆苏轼气得发抖了。到皇帝手头的文字无不是捧出一颗热腾腾的心来给皇上看的，皇上真的看上了，真的被打动了，会有多少好事随之而来啊。由这里看，皇上真是不好当。也许皇上看这样剖白心迹的文字多了，会有些特别的辨别力吧。

苏轼在大狱里一次又一次地受审，连关押在离苏轼不远处的宰相苏子容听了，也头皮发麻，浑身发紧，作诗感慨说："遥怜北户吴兴守，诟辱通宵不忍闻。"好在苏轼运气还好，有个叫梁成的狱卒对苏轼不错，大概是苏轼的一个忠实粉丝，不但偶尔给苏轼做好吃的端来，还夜夜端热水让苏轼泡脚。这就是患难之交了。苏轼也很信任他，很要紧很机密的事也托他去办。苏轼把自己写给弟弟苏辙的信托梁成转交。在梁成且不说，这样的情谊在苏轼是没齿难忘的。

苏轼不到五个月就从监牢里出来了。说苏轼万死不能赎其罪的舒亶们之所以没有达到目的，主要是因为，皇上本就不想杀苏轼，本就是想只给他点颜色看看，而且苏轼的超级粉丝太皇太后起了相当的作用。太皇太后病重不治，已在弥留之际。太皇太后要是去了，全国都要施以大赦，这是一项传统仁政。但是太皇太后对以仁孝著名的孙子神宗皇帝说："不须赦天下凶恶，但放了苏轼足矣。"苏轼就是这样有惊无险地从死路上逃了出来。当然也有朋友出手相救的，比如张安道和范镇，就不顾安危，出力甚多。但朋友出力未必能出到点子上，比如张安道，听说好友苏轼落难了，即愤然上书，投递南京，府官不敢接受。一不做二不休，张安道让自己的儿子张恕去登闻鼓院投递。张恕却是一个懦弱胆小的人，徘徊再三，不敢投递。也就是说，张安道救苏轼的帖子并没有投出去。不知道张恕是怎样给父亲做了交代，也许撒谎说投出去了吧，毕竟这样关系着身家性命的事是值得忤逆一下大胆的老子的。苏轼后来看到张安道的上书副本，做了一个令人印象深刻的动作“因吐舌色动者久之”，问苏轼何以如此，苏轼也闭口不答。苏辙说出了乃兄“吐舌色动”的原因，苏辙说，张安道的帖子，火药味太足了，还说什么“其文学实天下之奇才也”，这不但得不到好的结果，适足反之。得庆幸张安道有这么个好儿子张恕，不然真是不可想象。不说苏轼的文学奇才，那么怎么说才是，苏轼说，不要说个人，要说就说“本朝未尝杀士大夫”，如果杀了，不就意味着从神宗这里开杀了吗？“神宗好名而畏议，疑可以止之”，真是大学问，在人心里形成了久久不息的回响。

关于乌台诗案，还有这样几个小事件值得一记。

一是靖康二年，北宋灭亡时，北宋臣民尽行南逃。这逃难的人群里，有一个年过八旬的老人，就是梁成，被一伙强人围住不能脱身，搜身时从梁成身上搜出两幅书法，竟然出自大文学家苏东坡之手。强人好像知道这个是值钱的，要以这个做买路钱。梁成拼死不给，他的一个孙媳妇假说自己拿着，转手交给强人，然后推搡着嘟嘟囔囔的梁成老汉离开了是非之地。

这第二个事情还是关于苏轼的书法的。靖康年间，在扬州，一个叫张全真的官员看到一份朝廷档案，抽出来一看，就悄悄藏起来归为己有。原来是乌台诗案中苏轼交代的手稿，不知怎么地竟流落到了扬州。拿到苏轼手稿的一刻，张全真激动到几乎晕过去都是可以理解的。后来，张全真死了，家人请宰相张德远为逝者作一篇墓志铭，可以，拿润笔费来。一个宰相的润笔费会是多少啊，但张宰相不要钱，他早就打听清楚逝者家里有什么宝贝了，就是苏轼的手稿，想得墓志铭，请拿苏学士的手稿来。最终讨价还价，墓志铭是写了，但宰相只得到苏轼交代手稿的一半，另一半张全真的后人留为传家之宝。

还有一个事情就比较早。那时候，苏轼还在监牢里受审，一天，在御史台，御史中丞李定极其感慨，摇晃着脑袋说，奇才，少有的奇才。

同僚都不知道他在说什么，于是李定就明确地说：“苏轼真奇才也！”又一发而不可收地说：“虽三十年所作文字诗句，引证经传，随问即答，无一字差舛，诚天下之奇才也！”对李定的看似由衷的感慨，同僚默然以对，不知说什么才好。

李叔同出家

李叔同是天生的僧人。和悉达多一样，他们都是在个人生活条件十分优渥的情况下出家的。

出家乃大丈夫事，寻常人做不出这样的狠事。表面上温软随和的李叔同，其实他的性格里有着似柔实刚的一面，两个例子可以见得。一个例子是，其时李叔同还在日本，因出演《茶花女》引起了后来的大戏剧家欧阳予倩的注意，两人很快成了相交甚契的朋友。一天约定来日早晨八点见面，欧阳予倩因路遥堵车，迟到了五分钟，李叔同打开窗户对他说，我们约的是八点见面，现在我另有事情了，即关了窗户把欧阳予倩搁在外面。还有一个事情，李叔同给学生教授音乐，一个学生不专心听课，看别的东西。课后等学生走得差不多了，李叔同把那个学生叫到自己跟前，温言相劝，然后给那学生鞠了一躬。另有一次，一学生出教室时，关门的声音大了一些，这做老师的就趁他身边无人时叫住他，让他以后关门用力小一些，然后给这学生微微鞠了一躬。这都可以显出李叔同极倔强极有个性的一面，一旦决定了的事，无论如何，是非做成不可的。

说到出家，李叔同自是有佛缘，有慧根，但也离不了一些人有意无意地促成，有两个人物无论如何都是缺不得的。缺了这两个人，或者缺了其中一个，都会造成缘分不到或不足，因而影响到最终的那个开花结果。这两个人，一个是夏丏尊，一个是马一浮，也许马一浮的名字是要排在前面的。关于这两个人之于自己出家的重要性，出家后得名弘一法师的李叔同都有文字为证。在给弟子刘质平的信中，李叔同这样写道："自去腊受马一浮大士之熏陶，渐有所悟。"李叔同的另一个弟子丰子恺也在《为青年说弘一法师》一文中说，法师对自己讲过，说"他的学佛是受马一浮先生指示的"。关于夏丏尊，李叔同是这样说的："我的出家，大半由于这位夏居士的助缘。此恩永不能忘！"

夏丏尊和李叔同时为杭州"一师"的同事，更兼相知甚深的契友，说话做事，很容易取得一致。一次，学校来了一个名人讲演，两人都不大喜好这样的场合，于是悄悄逃出去，到湖心亭喝茶。亭外水波浩渺，亭间寂无声响，夏丏尊即说，像我们这种人，出家做和尚倒是很好的。也许不过是一句戏言而已，言者无意，听者有心，李叔同却把这话听进心里去了，可算是埋了一颗种子在心里。李叔同后来也把这话认作了自己出家的一个"远因"。

民国五年，夏令正热的时候，李叔同为治疗神经衰弱症，去虎跑寺断食半个多月，感觉良好。当时，李叔同住在方丈楼下的一间房子里，楼上住着一个出家人。每每看到那个出家人在自己窗前影子一样经过时，李叔同都有说不清的感动和欢喜，并且喜欢上了寺里的清水煮菜。断食归来，继续做教员时，他也请用人学着寺里的做法给自己做菜吃。这都说明，李叔同生来是适合在佛门生活的。他就是那里的人，出去既久，该回去了。完全回来，也需一些因缘助成。因为在虎跑寺的愉快经历和特别收获，断食这年年底，李叔同没有回家过年，又来到虎跑寺住进那间房子。这时候他已经有了出家的念头，说于楼上住着的出家人，想请他做自己的师父。这个出家人叫弘祥师，他谦虚着，把自己的师父介绍给李叔同认识。民国七年，在这个师父的主持下，李叔同受三皈依了。

他做了一件海青穿着，模样上是一个出家人了，打算在寺里住上一年再剃度。期间，正好夏丏尊居士来寺里看李叔同，见他一身衲衣，就说，你既然住在寺里，穿着出家人的衣裳，又不算出家，有什么意思，还不如即刻剃度了的好。对这样一些劝说，李叔同总是容易做到从善如流。如若缺失了这一劝，也许李叔同真就等着去了。得契友劝谏的时间是阴历七月初，阴历七月十三日，借着一个好日子，李叔同即剃度落发，算是真正脱离红尘，出家为僧了。

落发之后，必须受戒。李叔同的受戒地是灵隐寺。在灵隐寺，李叔同遇到了一个使他难忘的人物慧明法师。李叔同出家后，曾应居士黄萍荪之约写过一篇文章。这篇文章对李叔同的研究者来说殊属难得，实际是李叔同口述，由他的弟子高文显笔录，文章的名字叫《我在西湖出家的经过》。不过六千余字的文章，写慧明法师差不多就占了三分之一的篇幅。慧明法师时任灵隐寺大师父，穿戴随便，不很讲究，看起来和这样一个大寺院的大师父的身份很不相配，但无论僧俗，人人都敬服。无论贤愚贵贱，他都能做到不以分别心来看。他知道李叔同出家之前就是个名人，但是很不客气地对李叔同说，你是来受戒的，为什么不进戒堂呢？这样的逆耳之言李叔同听起来却是如受春风，反而因此对慧明法师多了由衷的敬意。多年后，二人再次见面，慧明法师在肉身方面被时间摧残，竟使得李叔同禁不住落泪不止，可见李叔同对慧明法师的特别感情。在述说自己出家过程的文章里，惜墨如金的李叔同慷慨地记录了慧明法师的诸多事情里的两件事。一件是，当时还有一种出家人叫马溜子，实际上是出家人里面的流氓，混斋饭吃的，属人见人恶一类。慧明法师却可以和他们相处甚好，给吃给喝，借着机会，还讲几句经给他们。在李叔同看来，这是法师非常了不起的地方。另一件事还是和马溜子有关。慧明法师腿不大好，出入得坐轿子。一次，慧明法师乘轿回来，下轿时大家吃了一惊，大家看到慧明法师竟然没穿裤子，再不讲究，裤子总得穿吧。慧明法师的裤子哪里去了？原来慧明法师途中碰到马溜子们，就把裤子脱给他们穿了。

到这里改称弘一法师吧，李叔同叫起来实在是不自然，失恭敬。

说到弘一法师的出家，好事者不免说到法师的日本妻子。好像比较于法师的勇毅出家，万丈红尘中浮沉的人们对这个女人的命运也很关心，就在这里说几句吧。

流行的说法是，该日本女人无论如何想见法师一面，想告诉他在日本，和尚也是可以有妻子的。但法师尘缘已了，避而不见，有法师的同事兼好友姜丹书的文字为证："留日归国时，携日姬，居沪。出家时，托友为遣……日姬欲求一面亦不得，恸哭而东返。"此一说也。但法师的另一个好友杨白民却持不同说法。弘一法师出家后，深受感染的杨白民常常自穿袈裟，可见他和法师的关系之深切。从杨白民那里得到的信息是，法师应日本妻子之请，实际上两个人是见了面的，而且那日本妻子还强约着杨白民陪她从上海往杭州见法师，两个人见面的地点是离西湖不远的一家饭馆。杨白民在外面佯作散步，让那二人好见面说话。法师给了日本妻子一块手表留念，然后就乘一叶小舟离去，头都没有再回一下。同样持见面之说的还有一个重要人物，就是弘一法师的同学黄炎培。1957年，见有人在报章上讲说弘一法师时，黄炎培发表了一篇名为《我也来谈谈李叔同先生》的文章，文章写得很精彩，谨录于此："叔同出家首先在杭州的西湖，经过了几年，叔同的夫人到上海，要求城东女学杨白民夫人詹练一和我当时的夫人王纠思伴她去杭州找叔同，走了几个寺庙，找到了，要求叔同到岳王庙前临湖素食店共餐。三人有问，叔同才答，终席，叔同从不自动发一言，也从不抬头睁眼向三人注视。饭罢，叔同即告辞归庙，雇一小舟，三人送到船边，叔同一人上船了。船开行了，叔同从不一回头。但见一桨一桨荡向湖心，直到连人带船一齐埋没湖云深处，什么都不见，叔同最后依然不一顾，叔同夫人大哭而归。"但是这篇文章因为没有说清日姬，引起了弘一法师后人的不满。

写到这里，忽然想到就法师的出家，法师的好友姜丹书和法师的几句意味深长的问答。

问：（出家）何所为？

答：无所为。

问：君固多情，忍抛骨肉耶？

答：譬如虎疫死焉，将如何？

法师出家前，把自己的一应值钱物，一概分赠给了朋友、学生、校工，自己只是带着几件布衣及日常用品去寺里。有研究者把赠品及所赠对象制表以记，看起来很是分明，比如，夏丏尊居士分得“书法、折扇、金表、断缣零璧、诗画扇页等”；丰子恺分得“在俗时照片一包、《莎士比亚全集》原本一部、诗词手卷、《人谱》、断缣零璧”；李鸿梁分得“第十五号油画、断缣零璧”……据夏丏尊居士讲，那名为《裸女》的油画，画的正是法师在俗时的日本妻子。在赠品表里，也记有法师给予日本妻子的赠品，相较于别的表格里满满当当的赠品，在日本妻子这一格里，遗物一样趴着几个字“黄须一绺”，看起来显得那么空荡清寂。

2020-11-15～17　银川

姊妹行

一

周晓芹随便吃了点东西，正准备向旅社要一个脸盆洗衣服，就看到窗外的街上一个走过的女人显得面熟，很像是同村的李桂莲。周晓芹来不及多想，就赶出去，对着那个走远了的背影喊了一声。喊声使那女人的背影停了一停，才回过头来，果然就是李桂莲。李桂莲还装作一副被人认错了的样子。周晓芹热情地走上去，说认不得嘛，一个庄里人，你这样子看我。面对面看着，再演戏是演不下去了，李桂莲就说，你咋在这里？周晓芹他乡遇故知，显出稀罕的样子说，我就住这个旅社里。你忙吗？不忙咱们到我屋里坐坐。李桂莲好像不便说自己很忙，就跟着周晓芹来到她住的房间。

旅社是一幢二层小楼，每层有着七八个房间，每间房三个床位。周晓芹住的这间只有她一个人，另两个床空着。好像整个旅社也没有住几个人。进门的时候，旅社的服务员趴在桌子上，听到动静，抬头看了一下，又趴在桌上睡去了。周晓芹走着说，这里方便。李桂莲打量着。到了陌生的地方，李桂莲的眼神也是陌生的。周晓芹领着李桂莲像回自己的家那样。毕竟像她们那样偏远村子里的人，尤其一个女人，时值二十世纪五十年代，在城里住旅馆的机会是很少的，至多是去个乡上，去县上的机会都不多。这一下子算是跑到大城市来了，这一行为本身就显得不同凡响，好像没有大事情是不会来这样的地方的，既然来到了这里，就预示着要干一件大事情呢，或者是正在干着一件大事情。两个人都有些猜测对方的意思。楼道太狭窄的原因，虽是青天白日，但里面显得暗，就像城里的黑暗更多是集中在了这样一些地方，而且有一股特别的味道，年深日久，不好清除了似的。周晓芹的住房在楼道中间，楼道里不大看得清人，但是来到房子里，因为有窗临街的原因，就一下子亮堂起来，拿掉了一个厚厚的蒙布似的。透过窗子，街上的一切看得清楚，来去的人马车辆给人一种各种各样的鱼游在水里的感觉。好像它们并非到别处去到远处去，而只是在窗前无休无止地进行着这样的轮替更换。我刚就是在窗里看到你走过去，周晓芹说着指了一下窗子。李桂莲往窗外看了一看，好像要看到自己是不是还走在窗外的街上。周晓芹招呼李桂莲坐在空床上，又拿出吃的东西让李桂莲吃，李桂莲说她吃过了。因为周晓芹的热情，慢慢地李桂莲也热情起来了。

两个人都很快搞清了对方来这里干什么。

李桂莲有一个亲戚，在萧关市医院工作，介绍李桂莲来给医院的一个老专家当保姆。新中国成立初期，保姆一类暂时还有的，李桂莲央求周晓芹，千万不要把看到她在这里的事说出去，说出去就不得了了，她是偷着跑出来的，家里人都不清楚她在哪里在干啥。李桂莲一再叮嘱着周晓芹要为她保守秘密。李桂莲说，我们成分不好，要是知道了肯定把我抓回去斗呢。周晓芹说，你一个娃娃斗你干啥？有你大、你几个哥在前头顶着呢。李桂莲说，关键是我跑了，跑了本身就是个问题，斗急了管你老小呢，只要你是个地主成分就斗你。李桂莲说刚才听到有人在后面喊我，我的心都要飞出来了，为什么装作认不得呢？就为这个，就为这个呀。周晓芹说，干姊妹，你还怕我斗你吗？我不管这些事，地主不地主的和我没有啥关系。干姊妹是她们那个地方年轻女人之间的一种相互称谓，即虽然并非亲姊妹，但也和亲姊妹差不了多少，类似拜把兄弟的意思。李桂莲说，姐你不斗旁人斗哩，有些人和我们无冤无仇，看我们划成地主了，一下子好像仇就大得很，我受不了才往出跑，我大、我哥也不找我，可能也是觉着跑了好。周晓芹说，你咋知道你大、你哥不找你？可能找了没找着，倒叫我给碰着了。你走过的时节，要是我不往窗外看那一眼，咱们也见不上面，谁想到在这个地方咱们能见上面。李桂莲说，还是不要找的好，各过各的吧。还是不放心，李桂莲又给周晓芹说，她之所以跟周晓芹来她的住处，一是知道周晓芹这个姐姐人不错，还有一个主要的方面就是，既然已经给认出来了，那她就要跟进来面对面叮嘱一番，千万要替自己保密，不要说出去，说出去就不知道接下来咋活了，一天到晚免不了提心吊胆。周晓芹近乎发誓那样让李桂莲放心，这事情说出去，对她有什么好处呢？一分钱的好处也没有，倒会惹得人来问她，跑到萧关市住旅社是怎么回事？她当然没什么问题，手续、介绍信等等都齐全，可是人家只要问起来又是个麻烦事是不是？多一事不如少一事，何况重要的一点是她要去东北见自己的丈夫。丈夫在东北北安县农场当工人，来信让她过去。她这一过去，再回来不回来都不一定了呢，哪里有时间传闲话。周晓芹的话听起来不是没道理。李桂莲有些羡慕地对周晓芹说，姐你看你一下子跑得多远，我就觉着能跑就跑，跑得越远越好，熟人堆里活不成，你这一去说不定就跟上哥当工人了哩。李桂莲的话让周晓芹禁不住有些得意，人有时候是容易为一些虚无缥缈、不足挂齿的事情得意的，就说借干姊妹吉言，要是顺乎，去就不回来了。周晓芹拿出丈夫给家里的信让李桂莲看，李桂莲说自己识的字还不够看一封信。周晓芹说她根本就不识字，但是信里的内容她是清楚的，都是说农场怎么怎么好，吃的穿的都发给你，牙膏手巾都发，还到树林边点火吃野鸽子、野兔子，还可以在农场里挤马奶子喝，坐上雪橇去买盐，等等，都是很好的事情。周晓芹说得投入，边说边摩挲着信纸，好像那是她的宝贝需要呵护着似的，没有留意到她对信的复述也引起了李桂莲的某种神往。李桂莲说，姐姐的命真好，我要是有这么好的个地方去就好了。周晓芹说，你现在也好着哩啊，年轻，好看，在城里就是比我们看起来洋气得多。再说你有你的好命呢，在医院里要是能找个大夫，一下子你就不一样了。李桂莲有些凄然地说，姐姐你不要生气，也可能我给你说的不都是实话。李桂莲的话使周晓芹吃惊，不明白周晓芹何以如此说，她把自己去东北看丈夫的机密话都已经无保留地讲出来了，信都拿出来两个人看了。她有些不高兴地说，你说的我都信了，你又这么说，你就这么不放心我吗？李桂莲着急忙慌地说，姐说我哄你吧，确实我没有哄你，我就在医院里当保姆呢，就是事情没有那么简单，不是一句两句能说清楚的。李桂莲说着眼里竟好像有了眼泪花儿。周晓芹说，好了你不用多说了，你的事你想说由你着呢，不想说也由你着呢，反正在这里咱们两个见面不容易，我高兴得很。李桂莲眼带泪花地说，是啊不容易，我也高兴得很。周晓芹有些热烈地看着李桂莲说，干姊妹不管咋说，我是要去东北看我那一口子了，去了我就说路上见到你了，洋气得认都认不出来了。我先不说你，先让他猜我路上见到谁了，他就是猜死也不会猜到你，你信不信？李桂莲说，才说的不给人说，转眼又是这话。周晓芹愣了一下笑着说，我说给他又不是说给咱们庄里人。他在东北，说不说都没关系啊，总不可能把你拉到东北去斗吧。李桂莲说，姐给谁都不能说，一说我的难就来了。周晓芹说，就当我没有见过你总行了吧，我这个人嘴严着呢。李桂莲没有说什么，但显然周晓芹所谓嘴严的话她是不很相信的。我要说你我舌头烂掉，周晓芹说。李桂莲凄然地带些歉意地笑着，好像她逼迫周晓芹似的。

那时候几乎没什么班车，去东北方向的车三五天一趟。所以周晓芹虽然在萧关没什么事，但不得不在萧关住几天，住到啥时候有了去往东北方向的车才可以离开。她觉得这旅社还好，也就几天时间，住在这里，不打算再换地方了。她向旅社借来脸盆，又讨了一点洗衣粉，一边洗着衣服，一边和李桂莲闲话。后来不知两个人谁提起来的，二人去到前台，给李桂莲开了入住手续。那天晚上两个人就住在了一起，又沟里扯到洼里，洼里扯到沟里扯了半夜。周晓芹入睡后，李桂莲一点睡意也没有，睁了眼睛躺着。在周晓芹平稳的呼吸声里，李桂莲睁着眼睛躺到天都快亮了。街上好像有了动静，周晓芹轻手轻脚地下来去方便时，李桂莲才船上摇晃了一夜那样睡着了，一觉睡到九点多快十点才醒来。她是被周晓芹叫醒的。周晓芹喊她去吃饭，夸李桂莲睡觉真踏实，睡着了连个身也不见翻。

事后公安人员来调查时，值班的服务员说，李桂莲住店的钱是周晓芹掏的。两个人说是姑嫂关系。登记本上显示，周晓芹二十六岁，李桂莲二十一岁。服务员说，嫂嫂显得壮实，小姑子很好看很洋气，像个有工作的人。看说话的样子，两个人也像是一对姑嫂关系，看起来非常亲热又多少有点距离。

街面上好像永远是同样的一些人在来来去去，偶尔过来一辆车子，格外醒目和神气。周晓芹看着车子远远地开过来，又边走边回头看着车子开远去。街上的人好像除了她俩，再相互都不认识似的。她们去一个食堂各吃了一小碗揪面，都说吃饱了，周晓芹出的钱。两人又买了两个比碗口大的谷面烧饼，这一次李桂莲不让周晓芹出钱了，说周晓芹再出钱她就生气了，这样就由李桂莲付了买烧饼的钱。出了食堂，还不到十二点。街上过去了一阵打腰鼓喊口号的，就像水里面忽起了几个浪花，两个人立在街边看了看。街上很快又恢复了平静。人们都像是从相片里出来那样走着。这样一个街景和往来的人们，好像很容易给定住似的。

两个人走到旅社门口，李桂莲让周晓芹先回去歇一会儿，容她去向雇主告个假，出来这么长时间了，不去说一下不行。从李桂莲答应留下来陪周晓芹同住，周晓芹就觉得李桂莲不是在给谁当保姆，当保姆可以允许离开这么长时间吗，可以在外过夜不回吗？好像不可以。周晓芹是个直性子人，说话直接不拐弯，就笑着说，干姊妹我觉得你没有给人当保姆，你说是不是？不待李桂莲回答，又说，不过我不管这些，看你这穿着打扮说明你过得好着呢，这就好。李桂莲说，我确实在医院里当保姆呢，既然姐姐说这个话，那么我就不能不说实话了。李桂莲说是这么回事，那个老头子的老婆最近殁了，他儿子借口守孝，回家来住，晚上也支使我干这个干那个，像是没安好心。我想着是不是能换一家当保姆，或者不当保姆，做别的也行，但是不想这些还好，一想头就大。李桂连说着又要流眼泪。李桂莲的样子使周晓芹暗暗自责，觉得自己可能是想多了。既然如此，周晓芹也觉得李桂莲不好再在老专家的家里当保姆了，至于其他，自己也没有什么好主意。周晓芹说，那你给雇主打招呼去，我在旅社等你。晚上最好还是能回来我们住在一起，毕竟这里人生地不熟，熟悉的人也就是个你，我一个人害怕呢。李桂莲说好，我尽量赶回来，要是不回来你也不要怪我。周晓芹说你赶紧来吧，狼窝里不要再住了。李桂莲让周晓芹也不要光是待在旅社里，也可以街上去转转。周晓芹说，我害怕把我走丢了，不转了吧，在楼上往外看看也一样。李桂莲走的时候把两个烧饼给了周晓芹。

结果不到下午三点，李桂莲就回来了，说老专家的儿子打啥主意先不管他，老专家待我很好，很厚道很宽容。我说来了老乡住在旅社，老头子就给放了两天假，说一时有儿子在家里照顾。老头子好像对儿子留在家里也不大乐意，也乐意李桂莲暂时离开。那儿子看我离开，驴脸拉得很长，算是偷鸡不成蚀把米。两个人说着闲话，拿出东北来信，两个识字不多的人又看了看。周晓芹说看着是一个字认不得，心里头着急得很，不过里头说的那些话自己是知道的，就是没办法一个字一个字地把意思对上。李桂莲认得的字稍多一些，就拿了几封信读识字课本一样读着。周晓芹像个好学的学生那样听着。看得出来这几封信，周晓芹是很乐意李桂莲来和自己分享的。这样子时间就过得很快，又快到吃饭的时候了。李桂莲说，我不咋饿，这里有谷面饼子，一人吃一个就可以了，没必要再去食堂。正中周晓芹下怀。周晓芹还带了油面子，她去前台讨来一电壶开水。李桂莲给两人各充了一碗油面子，又把谷面饼子掰碎了泡在油面子里，觉得这样吃香得很，比去食堂吃还香。

吃过喝过，周晓芹开玩笑说，要是老专家的儿子有意，倒不如你顺势上船，好日子不就是过上了吗？李桂莲说，快不要说了，他都五十多快六十岁了，他老婆又老虎一样等着吃人呢，我才不上那个船呢。两个女人还说些带荤腥的话，说得周晓芹按捺不住。她说我这次去东北，主要目的就是生娃娃，不把娃娃生下一堆我不回来。李桂莲说，一堆娃娃就把你生老了。两个人说着话，忽然李桂莲说我咋觉得身上有些热，好像自己是个馍馍，被蒸着？这一说引起了周晓芹的同感，说我咋也感觉身子有些热，心里也有点发潮，还当是乱说那些话说成了这样子。周晓芹说，我觉得舌头都好像变厚了一些。李桂莲说，可能屋子里太闷太热了，出去走一走散散心。李桂莲说，离旅社不远有个广场，广场往西再走走有一个水库，到那里走走散散心吧。

两个人就去水库那里了。

到后来，周晓芹说自己觉得有些晕。李桂莲说自己也觉得晕的，心里发潮，这是怎么了呢？毕竟李桂莲年轻，就扶了周晓芹慢慢走，一直走到水库边，坐下来。水库里的水跳荡着一望无际的水鳞，如同层出不穷的心思似的。周晓芹说，干姊妹我不敢看这个水，越看越晕，就像水在倒流。李桂莲说，那你就把眼睛闭上，姐。周晓芹闭上了眼睛，依然觉得天旋地转，心里潮得好像塞了些湿热的麦衣。周晓芹梦呓一样说，哎呀我晕得收拾不住了，闭着眼睛感觉我还看着水呢。李桂莲说，那你把我靠着。姐，你再不要说话了，靠着我缓一阵，缓缓就好了。周晓芹就不再说什么，软软地靠在李桂莲怀里。李桂莲听到周晓芹还梦呓一样说了句，我还去东北呢，这是咋了嘛。这一句话后，周晓芹就再没有说出什么像样子的话来，她不停地用舌头舔着嘴唇，倒是越舔嘴唇越干，连舌头也好像干硬起来。她的刘海下面出了一层又一层密密的汗珠，就像一堆看不见的火在暗中蒸烤着她。姐你靠着我，李桂莲说。干姊妹——周晓芹好像在这样说着，她还是作势向李桂莲怀里再靠靠。李桂莲两手拢着她，怕她掉到水库里似的。这时候，夕照已铺满水面，着火了那样。有几只不知什么名字的鸟儿要飞落下来，但好像被闪烁在水面上的强光一次次逼退，又飞上半空。黑黑的几个剪影，不知怎么一来又飞得不见了，不知飞落到哪里去了。

夕照一直没有照到近处来，所以眼前的水看起来还是水的样子，厚重地推进着演化着，在无穷尽无休止的变化里依然保持着原样。坐在水库边石阶上的两个身影一动不动，像是庄稼收走后剩在了地里的稻草人。

抓到李桂莲已是数月之后了。

李桂莲是在黑龙江北安县二龙机耕农场被抓到的，那正是周晓芹的丈夫刀某某工作的地方。

被抓到时，李桂莲显得平静，主动伸出手来让给她戴手铐。

周晓芹的尸体是在水库里发现的，被发现时已泡得不成样子了。

经审讯正是李桂莲害死了周晓芹，她在那天买到的谷面烧饼里下了毒。那是一种叫狗核桃子的植物粉，有毒，味香似芝麻，食后口渴、发热、昏迷等，摄入一定剂量，即会夺人性命。

一个细节是，不但周晓芹吃了有毒的食物，李桂莲自己也吃了，就是说，李桂莲给自己也下了毒，只不过量小一点而已。李桂莲那天把周晓芹丢在水库边，自己晕晕乎乎回到旅社，睡了个昏天黑地。然后她才出现在去东北的班车上，带着周晓芹开好的手续及相关信件，还有周晓芹缝在衣服里的三百万元（旧币）等去找周晓芹的丈夫。

从 1954 年 9 月 21 日案发到捕获李桂莲，李桂莲冒充周晓芹，和周的丈夫刀割玉以夫妻名义已经一同生活了五十八天。

1955 年古历二月初二，午后，太阳像被谁强摁住剃了个光头那样，显得古怪突兀。这时候，在萧关市西丰县某个偏背的地方，忽然传来一声沉闷的枪响。几只正奋力滚动着一个羊粪蛋儿的蚂蚁，不期然怔了一怔，然后又摩拳擦掌，一并发力。在荒草间停了片刻的羊粪蛋儿，又不规则地滚动起来。

前后不到半年时间，在世上还没有活够的两个年轻女人，就这么没有了。

二

刀割玉急匆匆地来到二龙山农场场部接自己的老婆周晓芹，结果没见到周晓芹，见到的是同村李儒廷的小女儿李桂莲。场部办公室就李桂莲一个人，正站在桌前看墙上的那些奖状。刀割玉一看背影就看出那不是自己的老婆周晓芹。老婆没这么高，没这么年轻。当然这个不需要比较分析，一看那就不是自己的老婆。刀割玉以为自己走岔了，老婆在别的地方，但带信的人说，老婆就在场部办公室。场部办公室？就这一个场部办公室啊。刀割玉站在门外犹豫的瞬间，听到动静的李桂莲转过身来。刀割玉觉得很面熟。李桂莲笑了笑，用老家话说，认不得吗？我父亲是李儒廷。刀割玉一下子认出来了，一个村里人，凭气息也能认出来的。但是刀割玉困惑地看着李桂莲，好像完全不明白。李桂莲说，刀家哥，这里不是说话的地方，到你那里再说行吗？正在这时候，场部办公室主任梁在科提着一电壶水过来了，笑着对刀割玉说，往进走啊，门外头站下干什么，见到老婆害羞吗？就在刀割玉后面轻轻推了一下，两个人都进屋来。梁在科要倒水给李桂莲喝，李桂莲给刀割玉使眼色意思是赶紧走，不喝水了。梁在科倒着水说，老刀，你老婆比你年轻多了。这时候，刀割玉就忙说不喝了，不添麻烦了。于是李桂莲趁便给梁在科笑笑，挽了小包裹向门外去。梁在科示意刀割玉跟上，一时间梁在科眼里的东西很多。刀割玉离开的时候，梁还在他后背重重打了一下，说，这家伙！

从场部出来，已是黄昏。天舍不得一下子黑下来似的，西天上大块大块耀人眼目的火烧云，使得远处的山头像烧过的炭那样黑乎乎的。

刀割玉借了一辆旧自行车来接人，现在是骑着还是走着他没主意了。他以商量的口气问李桂莲，我把你带上走吧？李桂莲问远不远。说有个两三华里。李桂莲说，那就走着，还可以说说话。两个人并排走着，自行车的脚踏板犹犹豫豫地转动着。车子发出一种声音来，像一种细密的针脚，在来来回回地缝补着什么。李桂莲忽然间像是哭起来，果然脸上有泪水，她用挎着小包裹的手臂擦了一下。刀割玉说，咋了你？李桂莲说，刀哥，有些事我一言两语给你说不清，你不要详细问可以吗？你要细问我就走，不问这问那，我就留下来陪你，不管咋说，一个庄里人嘛。刀割玉怜惜地看看李桂莲，像是不用问也对她很理解似的。但是看他的样子，他好像还是有些起码的疑惑需要解答。李桂莲忽然眼睛很亮地看了一眼刀割玉，像是用这一眼在点燃什么，很快又看向一边去了。李桂莲说，刀哥，一听你在这里，我就想来看看你，我没想到真的能来[illegible]做个梦一样。车链子滑动的声音清晰地响在耳边，火烧云和灰黑的云接连混在一起，说不清是哪个吞噬着哪个。温察河河水流动的声音远远传来，猫念经似的，似乎要絮絮叨叨地灌输给人一些什么东西。李桂莲说，刀哥，我知道你想问一些问题，一句话，你要问，我就走，算是我没有福气陪你。你这一阵要问我这一阵就走，另外我要给你说，我是个好人！你没必要在我身上想得太多，就这么两条。就算是命中注定吧，由不得我，我就找你来了。过两天，我可能会给你说一些话，但不是现在。刀割玉用很轻的声音说，你不想说的，我就不问。又默默走了一会儿。这期间，链条滑动的声音像是喋喋不休地说着什么，像说着同样的话，像是同样的话要说个不休似的。地上有了夜影，两个人的脚像是踩进水里。李桂莲说，你可能忘了，你小时候还顶替村里的老师上过课。老师有事回去了，你就替老师给我们上课，我就在前面坐着，就看你，看得你也看到我了，把我叫上去写字。我不会写，你就写在上头，我在下面照着写。你还记着吗？你怕是忘了。李桂莲说着偏头看看刀割玉。她脸上的泪痕还在，但是好像已经忘记自己刚刚还流过泪。刀割玉努力回想的样子，好像即使忘了他也要使劲想起来。你长得认不得了，刀割玉说。李桂莲说我还是能一眼就认出你来。命中注定，我要到你这儿来。在这么远的地方能和一个庄里人在一起，尤其是你，太好了。说着李桂莲又要哭，但她用一声轻轻的咳嗽掩饰过去了。她好像在瞬间就有了很多情绪。

刀割玉从李桂莲的手臂上把小包裹拿过去，挂在车把上。这使他的手碰到她的手臂。河水的声音似乎大了一些，绝大部分的火烧云都烧败了，在胡乱涂抹一样的灰黑的云块里，也有着些许亮光，不甘心随同熄灭的火星似的。

也许是刀割玉一个人的缘故，他的宿舍只有一间屋子，而且陈设简单。刀割玉惭愧地说过两天去说说，再要一间宿舍。李桂莲却显得满足，欣喜地看看这个看看那个，说你打扫了吧？这么干净。刀割玉为了接老婆来，确实收拾了一下。男子宿舍，不管多乱，收拾总还是容易的，本来就没有多少东西嘛。枕头都是一个，李桂莲指着被子上的枕头，带些调皮地说。说得刀割玉局促了，不知怎么应对。原本刀割玉想的是，两口子枕一个枕头就可以了，另外老婆也可以睡在自己胳膊弯里。然而一个枕头的实情被李桂莲看在眼里，而且还说出来，就有些不便应对。不过，刀割玉又觉得李桂莲说出来挺好的，他甚至想说一个枕头你枕上，我就不枕了。但是他的嘴笨，笨得说不出来。

刀割玉让李桂莲先待着，他赶紧去打饭。一会儿工夫，就把饭打回来。刀割玉像关照一个小孩那样关照着李桂莲吃饭。自己也吃着饭。看得出他的注意力都在李桂莲身上，饭搁在自己嘴里什么味道，他不知道。他只是给李桂莲夹菜，频频劝她多吃一点。饿了一天了啊，他有些感慨地说，又用不安的眼神看她是否吃得惯。李桂莲被他关照得都有些不好意思了，脸红红的，然而又很享受这种关照。忽然她轻轻叫了一声，从筷子上唱戏那样抬起一根手指，向桌下面指了一指，那里有两瓶酒。酒。刀割玉给她解释着。李桂莲点着头，眼睛不离开那里。刀割玉好像不大信，带些试探，有些小心地问，想喝酒吗？一口饭还在嘴里，但是李桂莲被说中了心思似的频频点头。这样子是年轻调皮的女子才有的。刀割玉说，吃完饭喝还是现在就喝？李桂莲表示这个问题的答案应该在刀割玉那里。刀割玉搁下饭碗，拿来两个小碗，倒了酒，一个小碗推到李桂莲跟前，自己端起眼前的小碗说，来，碰一下，远路风尘地来了，我很高兴。李桂莲端起小碗，一下就全喝了。刀割玉吓了一跳，说那是酒，不是水，不能那么喝。但是李桂莲已经喝了，红着脸让给她再倒一点。刀割玉说，酒不能这么喝，你先缓缓。倒上，我想喝，李桂莲说。刀割玉就倒了酒，但是把小碗送到桌子的另一端，使李桂莲够不到。刀割玉说，既然你喝了，我不喝不像话。他就把自己碗里的酒也喝尽了，又倒得淹住碗底，备在那里，吃起饭来。他劝李桂莲赶紧吃菜，喝酒是要吃菜的。李桂莲就听话大口吃菜。刀割玉说，你爱喝酒吗？李桂莲有些慌张地摇摇头，说这是我第二次喝酒，我在一个老大夫家当保姆，老大夫生日，我喝了两小杯。这时候，李桂莲的脸已经显出喝了酒的样子来，虽然隔着一两臂之远，但是能感到她的脸热烘烘的。你再不能喝了，我喝，刀割玉说。说着把李桂莲小碗里的酒先喝了。李桂莲说，我的酒你喝了算什么？要喝刀割玉碗里的酒，刀割玉笑着把小碗送到桌子的那端去，好像那里是另一个地盘。李桂莲生气地放下饭碗不吃了。还要喝？刀割玉问，好像不愿意李桂莲不高兴。还要，李桂莲说。好，要喝就给你喝，刀割玉说，象征性地往小碗里倒了一点。李桂莲端起来一下喝了，好像喝了很多似的。再给我倒一点。李桂莲说。刀割玉不说什么，把自己小碗里的酒仰头喝了。李桂莲两手摸摸自己的脸，说哎呀我成一个坏人了。刀割玉说，喝了两口酒怎么就成了坏人？李桂莲说，脸就像火烧着。酒喝好了，饭吃不动了。刀割玉说，你多吃菜，饭我吃。他把李桂莲吃剩的饭端过去自己吃了。

过后两个人你一言我一语竟然喝去了一整瓶酒。当然多半的酒还是被刀割玉喝了。李桂莲斜靠在炕墙边，不胜酒力的样子。刀割玉喝了酒后，感觉自己的舌头多少利索了一些。他说远路风尘一天了，赶紧休息。他扶着李桂莲在炕上躺下来，盖上了被子。给一个年轻而又酒后的女子盖被子是很麻烦的事。枕头你枕上，刀割玉说着把枕头再动动，使李桂莲枕得舒服些。

他过去上了门，在门那里面壁一样站了一小会儿，才上炕来，靠了窗户坐着看李桂莲。李桂莲好像睡着了，但是忽然睁开眼睛，到处寻找，看到刀割玉，说，没枕头你咋睡？刀割玉说，我睡哪里都行呢，不要枕头，你赶紧睡。李桂莲好像努力使自己的眼神不要迷离，伸出手去，像是要够刀割玉，但是手又乏乏地掉到炕上。哎哟我的脸烫死了，李桂莲说。刀割玉看着李桂莲。李桂莲眯着眼说，你不睡就坐着，往亮坐吗？也是平常的话，但是却让刀割玉说不清来由地心动。不知什么缘由，竟然让这么个女子平白无故就睡在了他的炕上，还有这样想都想不来的事啊。刀割玉觉得无论如何，都不能害她，不能辜负她。他心里充满了莫名其妙的情感。他也会想到一些事情，但是他努力摆脱着，像走路躲着一些黑乎乎的裂口一样躲着一些想法。他告诫自己不要乱想了，没什么了不得的事。看这女子，就冲她这么远来找自己，就冲她敢一个女子和自己在一起，还有什么可说的？世上的事数来数去也就那几样，不要多想为好。李桂莲又像是睡着了。她盖着被子的身子随着呼吸轻轻地起伏着。

她的鼻息声像是日子再安静再熨帖没有了。但是她忽然又睁开眼睛来寻找他，找着了就定定地将他看着，像是要认出他来。刀割玉给她笑笑，示意她好好睡。李桂莲也笑一笑，但是又落下泪来，泪水流到耳垂那里。她的耳垂那里有耳眼，但是并没有佩戴什么。鸡冠一样厚实的耳垂。刀割玉看在眼里，她的只有耳眼无所佩戴的耳垂使他觉得心疼。忍了好几忍，终于忍不住，他就爬过去给她擦眼泪，用自己粗壮的手指给李桂莲擦眼泪，让她有什么难心给他说，再不要这么哭了。刀割玉觉得自己都要哭了。李桂莲情愿地让刀割玉给自己擦眼泪，忽然就把刀割玉擦着眼泪的手捉住，放在自己着火了一样的脸上，按紧，说咱们在一起可以吗？过一天算一天都可以。刀割玉觉得自己的嘴笨笨的，满肚子的话竟说不出来。刀割玉把李桂莲的脸狠狠地看了一下，忍不住把自己的脸紧紧贴在那张热辣辣的泪脸上，很快就有一张小嘴在吃他的脸了。对不起对不起，真是太好了！刀割玉喝醉了一样说着。李桂莲努力把枕头让出一些，让刀割玉的头也落在枕头上。刀割玉的头压在李桂莲散开的头发上。枕头不大，但是两个人把这不大的枕头还可留出一点余裕。刀割玉粗鲁中含有小心地把李桂莲的脸捧着和自己脸对脸，猛看了一下，像不敢多看似的。然后，他们就不顾一切在一起了。自始至终，李桂莲的泪水很多了，刀割玉的舌尖上、脸上，全是李桂莲的眼泪。

这一刻，在遥远的萧关市的一个水库里，深沉的浮荡不已的水底，有一团黑乎乎的东西。要说那就是周晓芹，连周晓芹自己也不信的。

2019-11-6

牛

刀子刚刚挨着牛的脖子，还没有使劲，牛就警觉了，跳起来跑掉了。

牛乱跑，东边跑跑，西边跑跑，显然它只是跑而已，不知道跑到哪里。即使这样跑，牛也很快跑出村子，跑得不见了。后面几个人追着，一个人险些被刚刚拉的一坨牛屎滑倒了。可见牛只要不服帖着让人宰它，只要挣扎，即使被绳子捆着，也是有可能逃脱的。人拿它没有什么办法。

已有不少的人在追牛。这好像成了一个娱乐。从渐渐多起来的追牛的人看，村子里还是有一些人的，平时不知道大家一个个都在哪里。村子像一个腌菜的黑罐子，把大家闷声不响地腌着，一有个事，呼啦一下，那么多的人就都出现了。

太阳饶有兴趣地看着，好像世上又多出了一桩事情。

牛已经跑到水坝那里了。水坝里没水，干干的坝底子龟裂了，脚踩上去会发出脆脆的爆裂声。坝湾很大，是在农业社的时候，好几个生产队的社员合并到一起，成年隔月打的一个水坝。坝里曾经有过水，水上漂着厚厚的浪沫、水草，淹死过一个跟着家里的大人捞水草的孩子。但是后来，坝里就没有水了，对一个村子而言，大而无当的水坝在那里，不知怎么着来用，就那样任它在日月下荒寂着龟裂着。牛不知道为什么跑到这里来。它不再跑了，但是一刻不停地走着，喷出的响鼻使得坝湾里有了潮湿的意味，好像它多喷几次响鼻，坝湾里就会出现水似的。缰绳拖在地上，不时会绊它一下。人们站在坝边上，远远看去，就像剃头时随意留下的一小撮头发。都不敢接近牛，怕把牛给惊跑了。这样子呆在坝边上，好像就是给了牛一个合围和拦截，毕竟牛就在坝湾里，在眼前头。人们消停下来，嗡嗡嗡嗡地说着什么。

牛是李彦龙家的牛。大概半个月前，这牛还不是李彦龙的，还是李进富的牛。

说来话长，是这么回事。李进富的父亲借过李彦龙父亲的钱，直到李彦龙父亲去世，钱也没有还上。李进富的父亲弥留之际，叫来几个儿子和李彦龙，说了这一笔欠账，让李彦龙记着，要几个儿子也记着。几个儿子刚开始还有个计划有个说法，等老人在坟里头睡得时间长了，就把这不当一回事了。但是儿子们总是不一样的，有这样的儿子也有那样的儿子。李进富决定自己来还这个钱，找到李彦龙说我大的那个钱我还。李彦龙说好，谁舍谁得。李进富声明自己暂时没钱，一有钱马上还。李彦龙怕时间长些保不住李进富也变卦，就说，你养着两头牛呢，把你的牛给上一个顶账，谁占便宜谁吃亏就不说了，就一头牛两清了吧。三思之后，李进富表示同意。两头牛，一头母牛，一头小犍牛，就把犍牛说好顶账了。

李彦龙在村里开着一个磨坊，有推磨机、碾米机，他还是个盖房子的匠人，日子是不错的，也是很会过日子的人。李彦龙有四个儿子，常常叫苦说四个儿子四个媳妇，得花多少钱啊。叫唤是叫唤，他已经把三个儿媳妇娶到家里了，就剩最后一个儿媳妇了。小儿子还小，虚岁也才十七。

把李进富的犍牛顶账顶过来后，李彦龙就打起自己的算盘了。犍牛不是母牛，不会下儿子对不对？还要吃喝，要天天吃喝，算下来一大笔钱吧？还得腾出一个人来喂它，老婆要是忙着喂牛，磨坊就不能指靠她了，那么磨坊咋办？再说现在退耕还林，又不好种地，不种地牛就用不上。一个用不上的牛闲闲地站在家里，白吃白喝不说，还把一个人占着伺候它，这不是清闲弄了个不清闲吗？这不是给家里弄了个牛老爷吗？老婆明确说，我才不愿喂牛呢。好，你不喂牛好，你有你干的呢，磨坊里离不开你。李彦龙支持老婆不喂牛。他的算盘拨来拨去，心头豁然一亮，觉得自己理出一条思路来了。赶紧给小儿子找个媳妇，娶媳妇不是得宰个牛吗？就把这头小犍牛宰了。娶媳妇你想省个牛是不现实的，该花的还得花，迟花不如早花。这头牛一天得十几块钱的料吧，把料钱省下，省下的就是挣下的。李彦龙有自己的逻辑。这么着一盘算，尤其取得了老婆的认同和支持，李彦龙觉得事情就这么定了，就要这么着干了。当务之急是要给小儿子找个媳妇，早找一天早省一天的牛料钱。

长话短说，不到一周，李彦龙小儿子的媳妇就找下了，是一个很年轻的寡妇，就在邻村。她的男人出事殁了，年纪轻轻就当了寡妇，当寡妇的时间还不超过半年。毕竟是个寡妇，你总不能像人家女娃子那样要彩礼吧，这都不用多讲。找了个寡妇当媳妇，小儿子的嘴噘起来不开心。李彦龙说，就那么回事。说个不该说的话呢，结婚那么点时间就出了事，比如是个车吧，也是八九成新的车。李彦龙还给小儿子讲了一句老人古言，女大三，抱金砖。反正一说二说，事情就这么定下来，从说亲到宰牛娶媳妇，前后不到一个月。

宰牛时出了事，捆倒在地要宰的牛，突然一个翻身起来跑掉了。早知道就拿根大绳子来捆它，把它捆得紧紧的。牛嘛，也不是没宰过牛，都是一下就宰了，没想到这头牛不好宰，竟然在宰它的一瞬跳起来挣脱绳子跑了。仅此一点，就使得李彦龙有怨气，觉得这头牛真是宰了好，不宰它吧，看样子它要成精呢。

日头熟视无睹地看着坝湾边上的这些人。

这帮人好像在这里很长时间了，好像许多个朝代都过去了。他们总是既无所事事又煞有介事。看日头的样子这里面没有谁它想认识。刚才还颇有兴味的日头已经有些恹恹的样子了。它主要是看多了的缘故。一代一代的人都是和牛过不去。这期间坝湾边的人们已经尝试了多次。有些人装作和牛无关的样子从坝里走过去，想用这个方式麻痹牛。牛对人显然是不放心的，见人们大致的一个方向向自己这里来时，它警觉地远离着人逃躲着人。有几个小伙子冒险从几个方向围拢过去，但是快到牛跟前时，牛把头抵在地上，一个发力，就从他们中间冲出去了。虽然是敢于冒险逞能的小伙子，但在牛真正发威的时候，没有一个人挺身拦牛，都是闪出一个缺口来让牛从身边过去。擒牛失算的小伙子们就那样懒洋洋地坐在坝湾里，捏碎着坝湾里龟裂着的泥皮。它们那么脆薄，好像用骨灰做成的。

多种办法使过，牛还是拖着缰绳在远处或者走来走去，或者静静地站着看人们，好像很茫然自己与他们的关系。这期间有人回家吃饭去了，有人吃过饭又来。总之这件事吸引了不少人在这里。这些人在世上的一天也就这么过去了。

日头一下子歪斜得厉害，说明时间过去了老多。这么对峙着到什么时候呢，今天宰牛，明天煮肉，后天就要娶媳妇，时间是不能耽搁的。人们在这里对峙着耗去了很多时间，都觉得对峙的时间并不能算是浪费了的时间，每一点时间都是被利用了的，也只能如此利用而已。几乎到日头可以远远地平视着的时候，才有人拿出一个主意来。危困之际，总有良策。这人说，他家里有一头小乳牛，两岁多不到三岁，弄过来说不定能起一些作用。这不是一头小犍牛嘛，弄个小乳牛来是合适的。这是什么馊主意啊。有人做了个鬼脸。

不久，小乳牛还是被拉到了坝湾边。小乳牛的主人，一个瘦小精干的人背着牛料袋，把小乳牛牵到坝湾里去。在距离那头小犍牛一个合适的位置停下，把小乳牛的缰绳盘在它的脖子里，打开牛料袋让它吃料，又在它的脖子里轻轻拍了拍，好像有所叮嘱似的。然后，他离开小乳牛，缓缓走回坝边黑压压的人群里。

大家都向坝湾里看着。

小乳牛低头吃料。远远地站着小犍牛，它已不看坝边的人，已经看向小乳牛了。小乳牛一出现它就看着小乳牛。它好像纳闷，这究竟是怎么一回事，不清楚这样一个危险的地方，小乳牛它好好的为什么要来。小乳牛低头吃料，没看到小犍牛似的。它们站在各自的地方站了很久。这时候，有人低低地咦了一声，没有看错，果然，那小犍牛向小乳牛走过去了，它的蹄子印章一样稳稳地重重地一记一记落在坝湾里。有时候缰绳会被踩一下，使它一个趔趄。它一步一步向小乳牛走去了。小乳牛那里像有一根线，随着小乳牛收线，小犍牛一步步一步步向它靠近了。人们像一些过冬的树那样在坝边上站着，连咳嗽声都有了些意味。小犍牛终于走近小乳牛，在小乳牛身边站住了。它嗅了嗅小乳牛的肚子下面，嗅了嗅它的前蹄，似乎在感激它冒险前来，又去蹭小乳牛结实丰腴的脖子，像是和它打招呼说私话。小乳牛把头从牛料袋里移出来，方便小犍牛吃它的料。小犍牛一定饿着了，吃起来，不时用头去轻轻抵一下小乳牛的腿，好像告诉它，马上就会吃好，请稍等等，不要丢下我走开。小乳牛显然不讨厌这头小犍牛，它站得离它很近就是一个明证。它们站成一副相互亲近着的样子。它们之间是如此容易于见面熟见面亲。牛在这里只有它两个。小犍牛用头把牛料袋口撑得大些，好像邀请小乳牛来和自己同吃，果然小乳牛就把头挤进牛料袋，两头牛一起吃了。它们的尾巴一摇一摇的，就像它们在草地上闲适地吃着草似的。就在这个工夫，不知什么时候，小乳牛的主人已经神鬼不觉出现在两头牛身边，伸出手去，轻轻地拉住了小犍牛的缰绳。他的身影出现在小犍牛的瞳孔里，很梦幻很神秘的一个小小的人影，古墓里的一小盏油灯似的。

其实小犍牛已经看到他了，但是它还是和小乳牛一并吃草，好像危险已经过去，方才的危险已经被忘掉了。

后来，人们为防不测，就在坝湾里挖了一个小坑，把小犍牛宰掉了。

人们围起来宰小犍牛的时候，小乳牛在一边站着看不到什么，只看到了落日。那么大一轮日头，像一个滚过山际的巨轮一样，被谁点燃了，那么旺，要把连绵的黑魆魆的山头尽数点亮。

2019-4-11　银川

高邻

老婆在阳台上喊我，来来来，快来看来。

我知道又是看溥伯。我说你声音小一点嘛。

大概是上午九点多，阳台上落着明媚的阳光。我靠近窗子一看，就见溥伯坐在屋前的台阶上，前面是一个大木盆，盆里满满的一盆衣服，上面撒了一层洗衣粉。显然这洗衣服的人就是溥伯了。溥伯两手湿淋淋的，滴着水，还和葡萄架边站着的一个女人说笑着。那女人四十出头，微胖，是身材强过长相的那种女人，给人一种很实惠的感觉。她是溥伯找来的保姆。她的到来使溥伯家里好像来了一只喜鹊，气氛大变，常常能听到溥伯的声音，哎呀，你看这西红柿，你看它昨儿还绿着，今儿变红了；呜，这狗头蜂儿，你看人家吃葡萄呢；你们渴了吗，渴了吗？叶叶子都卷着了，来我给你们浇点水吧。这都是溥伯说的话，和他种在院子里的辣子啊，豆角啊等等说话，都是溥伯一个人的声音。这明显是一个变化。保姆来之前，溥伯家里远没有这样热闹，听不到溥伯说什么。那时候，院子里也不多见溥伯，溥伯多是在屋子里。偶尔看见溥伯在葡萄架下坐着，默默地看报纸看书，溥伯订着《老年文摘》什么的。溥伯和那女人说着什么。溥伯身体很好，从他骑自行车买米面换煤气可见一斑。溥伯只是耳朵有些聋了，这使他说话有两个特点，一是声音大，再是说话像嘴里含着糖一样说得不是太清楚，就像溥伯一边喝粥一边说话那样。请了保姆后，溥伯说话的热情是很高的。溥伯开始洗衣服了，边洗衣服边和眼前不远处的保姆说着什么。保姆拿了一个向日葵坨坨吃着，斜靠着支葡萄架的木桩。她从向日葵坨坨上摘着吃葵花籽的样子多少有些艺术情调，如果拍照下来，是有些近于剧照的。她不说什么，只是吃葵花籽。好像她很清楚，在这个老头面前，她只需吃葵花籽就足够了。果然溥伯是满意的，能听到溥伯哧啦哧啦洗衣服的声音，还能听到溥伯被谁挠了一下痒痒那样的笑声。我离开阳台，对老婆说，这么大的年纪了，洗那么大一盆衣服，既然如此，找个保姆干什么呢？老婆说，找个保姆有用处啊，就是保姆吃葵花籽，他洗衣服给保姆看啊。我看清了，水盆里还有保姆的衣服呢。

世上还有这样一种保姆啊。

我们小区外面，是大学湖，湖面上有小桥、亭台等，是大学生情侣的一个好去处。一天黄昏，湖面上落日熔金，使人睁不开眼睛。在一个亭子下面，我发现除了一对大学生情侣外，还有一对也在那里，就是溥伯和他的保姆。溥伯站在保姆面前说着什么。他俩在一起，总是溥伯说保姆听。溥伯说话的时候，保姆倚了亭柱坐着，把手里的什么隔着栏杆一下一下懒懒地扔到水里去。另有一次在小区的院子里，在有健身器材的那一块，保姆两手转着两个圆盘，醒目的是溥伯，溥伯站在保姆的对面，溥伯在干什么呢，溥伯在跳舞。老实说，溥伯跳舞的样子独一无二，难得一见。溥伯个头很高，当过兵的缘故嘛，他那么大年纪，竟一点也没有驼背。溥伯骑自行车摔过一跤，后腰那里植入了一块钢板。说是舞蹈，其实很简单，就是脚尖一踮一踮着起落，同着这节奏，手臂高举着摆过来、摆过去、摆过去、摆过来，如此而已，和做广播操差不多吧。这动作让溥伯来做，却给人很深的印象。我当时远远看见，感受复杂，那真是可以把人笑死的，但是又笑不出来。我觉得看溥伯跳舞就像看皮影戏一样，溥伯就是那被牵动着的皮影。我就想，溥伯也许失算了，也许得不偿失，把舞跳成这个样子，确实还不如不跳呢。不知那保姆看在眼里如何想。她转着两个圆盘，使她的两个奶子也跟着活跃起来。

我和老婆在空地上打羽毛球，老婆实在受不了溥伯给保姆跳舞的样子，几次都憋着笑捂了肚子蹲下去，说不行不行，不能再看了，我得回去，就回去了。我只好一个人学着颠球。一会儿，溥伯和保姆一前一后过来，我看见溥伯梳向后面的稀疏的头发里全是汗水，虽然隔着距离，感觉溥伯的身子热气腾腾的。可见一次舞蹈，溥伯几乎是拼了命跳的，但是他显得很高兴，向我竖大拇指，大声说着什么，好像他刚刚参加完一场有意义的竞赛，并且获得了奖牌那样。

溥伯家的保姆，是溥伯的妻子去世一两年后找的，此前也找过几个保姆，都是干不长就走了。但是这个保姆来，好像就是把终极保姆找来了，现在好像已经不是雇主满意不满意的问题了，已经成了雇主没有任何问题，就看保姆满意不满意。

说是请了保姆，但是我作为邻居也看得出，溥伯家的活计主要还是溥伯来干。归保姆来干的那些，好像保姆还来不及干，就让溥伯抢着干了。这实在是愿打愿挨的事，不好说什么。后来不久，溥伯的家里又多了一个孩子。那孩子好像有什么病，总之是个病孩子，也上学，背着一个大书包。书包看起来倒像一个面袋子。那是保姆的儿子。在附近的一个小学上学了。城里的学校，安插一个学生多难，谁帮的忙啊。不知道保姆除了这孩子，家里还有什么人，不知道保姆有没有丈夫，丈夫在干什么，这些都不知道。我知道这些干什么，和我没关系的。只不过溥伯和我是邻居，一墙之隔，鸡犬相闻，有些事情难免被我看在了眼里而已。两口子之间什么话都讲，我和老婆探讨过，溥伯家里，就溥伯和那保姆，孩子嘛，那样一个病弱的小孩，有当无的，那么来，一天一天，一个屋檐下，一夜一夜，都是怎么过？看保姆那样子，矜持着，看溥伯那样子，那可是老房子着火的样子。谁知道溥伯的家里都发生过什么。老婆担心地说，看溥伯这个样子，怕是存折都保不住，一激动把密码都供出来。我背过身去让老婆睡觉，感觉老婆操的心过多了。

说到老婆，和溥伯之间也有一些事情可说。

说来是源于这样一件事。那时候，溥伯的女人还在，那老人家留给我们的印象很好，看起来就像是一个扮成民妇的菩萨。溥伯喜欢读书，尤其文史方面的书，不但读，还喜欢和人交流。我也是个爱读书的人嘛，溥伯有时就到我家里来，和我交流一番，把他在一些报刊上写的点评、做的批注给我看。溥伯文化程度不是太高，但是退休前做了几十年文化工作，还是很有水平的，一笔字甚至是可以当作书法看的。由于溥伯耳聋，我们的交流不得不打许多折扣。不能畅快地交流时，溥伯就叹息，以表达自己的太多感慨。如果让我说出溥伯的一个主要特征，那就是叹息。溥伯活到这个年龄，经历又多，是有资格叹息的。他每次到我家来，总是有一半的时间在叹息。其实这些叹息原本都是他想用语言表达出来的，可惜已经力不从心。说到他的妈妈，溥伯哭了，说给妈妈想买个好东西吃，钱有呢，没粮票。妈妈两个字从溥伯嘴里出来时给我很异样的感觉，这么老的人也有过妈妈，也会喊妈妈，总之给人很强烈的体会。好像只要多喊几声妈妈，一个老头也可能摇身一变，重变回一个婴儿似的。溥伯每次来我家，坐的时间都不短，时时显出好像打搅了我，但又想坐下去，什么话还没有说完。搁在他面前的茶，他从来也没有喝过一口。

我们这个小区，都是小二楼，每家还有个小院，是 20 世纪 70 年代末盖的房子，很结实。我家和溥伯家相比，室内结构差不多，只是我比溥伯少一间房子而已。我的院子也要小一些，大概有溥伯的一半大。我远没有溥伯勤快，溥伯的院子里种满了花草果蔬，我的院子几乎可以说荒着。一墙之隔，蝴蝶、蜜蜂、麻雀等等都在溥伯的院子里，很少飞到墙这边来。溥伯不但是一个热爱生活的人，也是一个很会生活的人，说他的院子是一个花园也并无什么不合适。溥伯常常踩着梯子收拾葡萄架，或者拿一把洒水壶，给院子里各种各样的花草浇水，可以说，长在溥伯家里的花草果蔬都有福了。

闲话休说，说是一天下午，我正在楼下的木沙发上坐着看电视，腿上盖着一床毛巾被。为什么要盖被子呢，忘了，总之是我那天只穿着裤头。这时候，老婆忽然说，溥伯来了，我就听到溥伯在院子里的咳嗽声。我这个样子怎么好见溥伯，不容多想，等溥伯的身影出现在玻璃窗前时，我已经像金蝉脱壳那样，扔掉被子，逃到楼上去了。我在楼上听到溥伯呜哩哇啦和老婆说话，说了很久才去。

就这么一个事情，却使溥伯兴奋不已，好像就此抓到了什么把柄。老婆后来告诉我，溥伯变了，对我家的看法变了。我那天几乎光着身子逃上楼去，被溥伯看在眼里。溥伯看到了一个只穿着裤头的人狼狈逃窜，却没有看出那个人就是我。这就使溥伯有想法了，觉得不期然间看到了我家的另一面，获得了一个重大秘密，抓到了一个使牙齿都要快活得跳舞的把柄。老婆说，后来溥伯总是用奇怪的眼神看她，常常夸她能干，有活力，甚至夸她好看。每每老婆开车回来，在门前停下时，溥伯都会赶巧了那样出来，弯下那高大的身子，从外面看进车里来，说哎呀攒劲，又能干又攒劲，看着就像个女学生。有几次这样说时，老人家眼神不济，没看到我就坐在车厢后面的阴影里。老婆说，有一次溥伯甚至流露出关心我的样子，说了一句让我很难堪的话，溥伯在怀疑你某一方面的能力。这就有些过分了。我有些蠢蠢然，但是很快就过去了。溥伯已经八十多岁了，他能怎么样呢？我说让说去吧，那么老的人了，也就是嘴上的一点快活，没什么的。

从看到所谓秘密到现在，都十多年过去了，我就觉得溥伯的涵养还是很不错的。他并没有搬弄是非，把当初看在眼里的可怕的事情告诉我，也没有在老婆跟前说过更过分的话。换一个人，把柄在手，可能以此做要挟的，溥伯没有，他只是自己觉得很兴奋罢了，好像不期然间怀了一颗金蛋，又不能生出来，只好拼命憋着而已。因此说，对于溥伯，我始终是谅解的，对溥伯有年轻人一样的激情是由衷地羡慕并致以祝贺的。老婆比溥伯小差不多五十岁，让一个老人看着年轻女人有愉快的心情，也是一件善功啊。因为我和溥伯都以为自己知道对方的底牌，就使得我们在一起坐着煞有介事地交流所谓文史时，两个人的心理其实都是很有意思的。我对老婆说，只要溥伯乐于看你，就给老人家看。世上的人有多少，这样用心看你的人能有几个？溥伯这样喜欢见你的面，喜欢夸你，也是你的个福分啊，说得老婆眼圈都红起来。老婆说，我还想骂他一顿呢。我说，千万不要骂。一骂就坏了，坏透了。一骂好事就变成坏事了。

不久听说那个保姆带着儿子走了，溥伯的儿子搬过来和溥伯同住。溥伯的儿子也已经退休，而且死了老婆。他还不会做饭，和溥伯住在一起，溥伯还得给他做饭。但这是没办法的事，儿子要来住，溥伯是没办法的。溥伯还有两个女儿，有时来看溥伯，帮溥伯洗衣服什么的。溥伯的女儿在院子里晾衣服，抖开来衣服搭在院里的晾绳上，但是看不到溥伯，也不大听得到溥伯的声音，不知道溥伯在哪里。但是就在屋子里吧。溥伯的身体依然不错，还可以骑着自行车买米面。溥伯骑自行车大概一直骑到差不多九十岁。

后来，我们就搬到了城中间的一个小区，距离溥伯这里大概有二十站路。我虽然搬走了，但一些信件还寄原住处，就委托溥伯帮我们收取。溥伯的儿子不大靠得住，溥伯是很靠得住的一个人。儿子和老婆有时路过，就趁便去溥伯那里取一下我的信件报刊。溥伯有在报刊上写点评的习惯，我的报刊拿回来，就能看到他写在上面的点评批注。从溥伯的点评批注看，他虽已年迈，但确实是一个关心国家大事，关心民族前途的人，而且十分难得的是，对很多往事他有着强烈的反省意识和再认识的努力。老实讲，后来看溥伯写在报刊上的那些文字，倒成了我额外的一份不可多得的福利。

每次取报刊回来，老婆照例都要说到溥伯问我好的话，勉励我趁着年轻好好干。儿子回来也带回同样的话。我五十岁，但是觉得自己已经不年轻了，问老婆，溥伯见到你还夸吗？老婆说，夸。

和溥伯邻的院落我们租出去了，租给了大学里的几个学生。前几天，老婆依约去收租金，回来说这才多久没见，溥伯竟然一下子老成了那个样子，连眉毛都白了，站在门口，好像看了几次才认出我来，没说什么，认出一个熟人那样给我笑了一笑。溥伯拄了拐杖站在门口，一看那拐杖，就是个值钱的拐杖。

一听溥伯拄了拐杖，说不清为什么我心里突然一阵酸楚，差点落下泪来。

2019-4-12　银川

情 事

也想，记这些干什么呢？但是，记下来吧，人生也没有多少可记下来的事情。

那时候是两千年，我们去云南出差，之后就报了一个团去旅游。那时候还不像现在，管得这么严，只要完成出差任务，旅游自行掏钱，请假说明后，是可以迟回来几天的。不同阶段的政策的松紧度是不一样的。带团的有两个导游，我没有想到，后来那个白族导游竟好像被我看上了。她大概还不到二十岁，圆脸，麦色皮肤，绝对谈不上多么漂亮，应该是那种有着独特味道的人。旅游三天，要去丽江泸沽湖等，我头一天对她还没有什么感觉，到第二天，不知什么时段，不知因着一个什么缘由，忽然我对她有感觉了。这份感觉，使我既痛苦又享受，像是把我锁在笼子里，又给了一碗蜜让我吃一样。我的性格，无论喜欢上哪个女的，无论多么喜欢，也只是自己一个人的事而已，对方是感觉不到什么的，或者说，我不会让对方感觉到。我会把它弄成一个秘密搁在心里，独自品味。但是，有时候，这滋味是很受不了的。总之原本我对旅游兴趣不大，纯粹是遂同事之意，既然大家一起出来，一起回去好了，我单独回去总有些不好吧。大家要旅游，我就跟去了，你们到哪里我就到哪里，你们看什么我就看什么。当然在大家跑来跑去看这看那时，我也可以找个地方坐下来什么也不看。但是后来我觉得自己有可看的了，觉得我要看的比他们看的都要好，什么丽江古城啊玉龙雪山啊等等，都没什么看头，都不如我偷偷地看那个白族姑娘。她穿上白族服装，走路那么轻巧，像踩莲而来。她的帽饰的流苏在她站住不动时也好像因我的情绪而微微晃动。她举着小旗子走在前面的样子让我觉得稀罕极了，愿意永远这样子跟着她走下去，她走到哪里就跟到哪里，走到哪里都可以啊。我有些丧魂失魄，觉得自己的魂被这个白族小姑娘勾去了。晚上睡下了心事重重，满脑子都是这姑娘的身影。偷偷喜欢一个人是很苦累的事情，我觉得走路都有些头重脚轻。也许是在云南那样的地方的缘故吧，我觉得她好像是我从未见过的一朵野花变成的。每次只要她的小旗子一举，我就会像最规矩的小学生一样出现在她身边。只要她带队，我是最不容易掉队的。我觉得自己像森林里潮湿过多次的一块木头，得着了机会似的，拼命地燃烧。身体热得发烫，心像兔子那样要从憋屈的窝里跑出去。好比自己是一个火炉，始终炉火熊熊，把炉盖都烧透了，然而是在一座空屋子里烧着而已。

人生如梦，交臂不见，我下了决心得有所作为，反复地自我劝勉和自我激励后，我干了两件事情。一是终于提出来和她照了一张相；还有就是，在某一景点，游人都看各自想看的去了，她坐在一个景点的长椅上休息，带些倦怠的模样让人心疼，我买了一袋橘子。景点的橘子太贵了，但是你有了某个心思的时候，再贵的橘子就不会觉得贵是不是？我就觉得这橘子贵得值，要是拿钱买不上橘子才坏了呢。我想要送她几个橘子。我这样想了很长时间，最后我出现在她面前，撑开塑料袋口让她拿几个橘子吃。她就拿了一个橘子，橘子里最小的一个。她拿了那个小橘子并没有吃，而是在手里把玩着，在两只手里倒来倒去。就这么个，完了，我和她的缘分就这么多。那天下午我们旅游结束，返回昆明，在车上时，我发现我们的导游换了，不是那个白族小姑娘了，而是带我们从昆明过来的那个女孩。我的心像被掏了一个大洞，感到累极了，头靠向后面，我闭了眼睛，感到有泪水流下来。这真是太说不清了，从丽江到昆明一路，我就那样闭着眼睛没有睁开过，摇摇晃晃摇摇晃晃好像在一个很大的梦里。

时间到 2018 年，都过去十八年了，好像又经历了那样一次。导演刘苗苗，在银川写剧本，一天忽然打电话过来，说她的朋友要来银川看她，约我过去陪同坐坐。老实讲我不是太想去，我对见人总是兴趣不大，但苗苗导演叫了，不去不好的，就去了。某某是个很有名的女演员，《大众电影》的封面上有过她的肖像。某某住在银川文化城很有特点的一座宾馆里，我穿过一个公园就到了。那天天气极热，我穿着短裤，公园里的树像被晒得昏过去了那样。那么大的一个公园，就我一个人走着，晨暮之际成群飞着的喜鹊也不见一只，我觉得可以一边走路一边睡觉。

在宾馆的大堂里见到了苗苗导演和某某，某某的头发白了很多，但是脸却显得很年轻、很生动、很有朝气，像能驯服劣马的骑手，尤其眼睛，有着某种疗效似的。她独自驾车旅游，已去过西藏，刚从甘肃敦煌过来。她是那种很容易就让你消除拘谨的人，好像你是她的一个远方亲戚，多日不见，忽然又见了那样。我们三个坐在宾馆后面的走廊里，看着很多的阳光吃了一顿便饭。期间，她说了很多关于养生的知识，尤其针对我的血脂高，提了一些建议，比如少吃米饭。回到家里，慢慢地，我感到坏了，自己好像很容易就沉浸到什么里面，而且难以自拔似的。这又怎么了？都五十岁了还这样，而且某某的头发都白成了那样。这是说不清楚的，我有些怅然若失，有些手摹心追，魂梦牵系，情丝缠缠绕绕，剪不断理还乱。在网上，我找她的照片和信息来看，和曾经见过的人好像并不是同一个人，网上的某某并没有一根白头发，要比我见到的她好看，但网上那个人我好像没有见过，更不会喜欢上似的。她在一篇文章里说过的一句话我却是记住了，那句话是整个文章的题目，说是“我享受我并不怎么红”。之后大概有一周时间，我一直沉湎在一种情绪里，像只黑蜘蛛一样，独自在角落里默默地品味着一些什么。我拒绝吃米饭近一个月，好像是信守了一份然诺。萍水相逢，吃了一顿便饭，相也没照一张，电话也没有留，微信也不曾加，却给了我这么深的一个烙印。我给老婆说，人心是多么容易被打动啊。老婆笑着说，想吃天鹅肉吗？说真的没想过要吃天鹅肉。然而同样也可以说，人心是非常地不容易被打动，人心有时候比石头还要硬的啊。我是爱去文化城的，看看字画什么的。每去文化城，看到那个宾馆，我都会有所思有所感，对那黑乌乌的建筑也好似有了某种情愫。但是在不停流逝的时间里，慢慢地一些痕迹也就浅淡了。

一个很好的朋友也给我说过他的事。这个朋友，比我还要不善于和女性打交道的。在女性面前，他就是个正人君子而已，总是脸红，总是要逃开去。我们是无话不谈的。有一天，他忽然有些难为情地说，他看上单位新来的一个小媳妇了，就如同得了一种特殊的无药可医的疾病，除非这病自己好，再没有法子的。他说奇怪，那么大的一个单位，好多次我们两人都有些狭路相逢的意思。比如说一个上楼时，正碰上一个下楼，而且楼道里静静地再没有别人。比如他刚出了单位大门去发信，忽然一辆出租车停在门口，下来一个人，先行下来的一只脚就让他心跳了，果不其然，不是别人，不是别人啊。他觉得自己年轻了，好像上大学的时候了。他心里翻腾着不知多少想法，后来还是忍不住，就在一次偶然地碰到时，他觉得这是个机会，错过就不会再有了，就再也鼓不起勇气了，豁出去了。他在编辑部工作，就说，你如果有好的稿子，可以给。我朋友的单位是个学术单位，多少人想在刊物上发作品啊，多少人想巴结朋友都觉得朋友太肃重了不好接近啊。那女的听了朋友的话，好像没明白朋友说什么。朋友说，她吃惊的样子、没大明白的样子给我的印象真是太深了，甚至觉得自己唐突了她，应该有个更好的方式告诉她。她那被朋友突然拦住时惊愕的样子，朋友说呵呵那是一种蛊惑。朋友知道她是学民族学专业的，就费心为她开了长长的书单，把自己有关民族学的书挑选出来一些，打算送给她。但朋友说穿了只是自我折腾而已。

这都多少年过去了，一天和朋友说起这个事，他忽然笑着说，嗨，人家的孩子都要中考了。岁月如斯。没有问朋友是否对那女的还有意思。像朋友这种人，喜欢上一个女的不容易，这就导致他要忘掉一个自己喜欢的人同样不容易，甚至更难忘怀。朋友的女儿也要考大学了，女儿刷牙的时候，他甚至预先把牙膏都挤到女儿的牙刷上。朋友的老婆有病住院时，病房里没有空床，朋友就在老婆床头坐一张小凳子，头搁在床边上睡一夜。忽然也会想，如果朋友喜欢的那女人对朋友也有意思，反过来要和朋友碰个火星四溅，朋友会怎么样呢，会把原本平静的日子搞得怎样地乱糟糟啊。

还有一个朋友的事情是这样的。

这朋友是一个书法家，他去文化城裱字时把一家店里的老板娘看上了，同时他又看不上那老板，常常感慨说真是鲜花一朵插牛粪上了。

我好多次就被他约着去裱字，其实是去看老板娘。那老板娘年龄有我们的一半大，身材很好，很性感。有一次我们去她店里，盛夏，她穿了裙子舒坦地躺在一把竹椅上，那样子让我觉得朋友动心是有道理的。然而也只是动动心而已，还能怎么样呢？不能怎么样的。但是能乐此不疲地往人家的店里跑，也不失人生难得的一桩乐趣。一次我们去那店里，店开着门，只有老板，不见老板娘，朋友即意兴阑珊，字都不想裱了。我们忽然听到动静，动静来自头顶。原来这画店为了利用空间，仗着屋顶高，在上面又搭了一层，下面出售字画笔墨纸砚等，上面用来装裱字画。好像是厚厚的茶色玻璃隔开的，隐隐能看见有人在上面活动，传来咳嗽声，果然是老板娘在上面忙活。朋友精神大振，眼睛亮亮地向上面看着，问上面在裱字画吗？老板说在裱字画。我这个朋友是有魄力的，他说我上去看看裱得怎么样，说着就夹着自己的一卷字踩着简易楼梯上去了。为了成全朋友，我只好卖力地和老板说话周旋，老板听说我的一些字画也要拿到他的店里来装裱，乐呵呵地笑着。我不敢抬头看头顶，头顶也没有什么声音传下来。过后我问朋友在上面干什么？他感慨地说看装裱字画啊，装裱字画也很辛苦的，尤其女人。朋友流露出怜香惜玉的意思来。

还有一次我们去那店里，正碰上老板不在，只有老板娘和她的狗。那狗有个婴儿的枕头大小，眼睛都让额上垂下来的毛给遮住了。它好像认识朋友，绕过我，在朋友的脚上嗅几嗅，就顺势在朋友脚边卧下来。朋友得意地笑起来，说这个狗啊这个狗啊，它真的通人性呢。老板娘穿着一身牛仔衣，有一种逼人的青春气息和成熟的味道。她见我们来裱字画，立即要给丈夫打电话让他回来。朋友忙忙阻止了，不让她打电话。朋友说，正好我们都闲着，没有任何事情，老板出门肯定有事，不要催，我们可以等等。结果那天下午，我们在那店里待了足足五个小时，朋友还兴致不减。朋友对自己的书法是很看重的，空手套白狼在他那里是困难的。但是那天下午，到后来，不知怎么着一来，宣纸就铺开了，蘸墨吮毫，朋友就写起来了。这几乎吓了我一跳，须知朋友到我家里都矜持着不写字的。结果，朋友慷慨地给老板娘写了两幅字，隶书楷书各一份。这还没完，慢慢地闲扯出来女老板除了装裱字画，她还开着个网店。一说网店老板娘来了精神，明显地话多起来。结果是，朋友买了老板娘的十双袜子。不说根本不知道的，原来袜子就在店里，就在一摞宣纸边的纸箱里。一双袜子三十，十双袜子弄去了朋友的三百元。

从店里出来，朋友好像独自回味着什么，我幸灾乐祸忍不住笑，朋友说来来来给你几双袜子，我也穿不了这么多。我说我才不要呢，街上十块钱三双。朋友说就那女人装裱字画那辛苦样子，一双袜子三十，我觉得可以买，就是要买这一双三十块钱的袜子，不买那三双十块的袜子。我说得收不住闸，说还有两幅字呢，一幅三千，两幅多少？朋友一愣，好像才记起来还有两幅字。很快他就释然地笑了，笑着说，美得很美得很。

2019-4-14　银川

淘来的故事

在摆旧书摊的小白那里，我收到一包资料，是西丰县多年前的一些民事刑事判决书，翻着看了看，大都案情琐屑，叙述粗略，似乎没有什么特别值得看的东西。自然，判决书嘛，多是这样的。让我心痛的是，小白说，此前曾卖掉一蛇皮袋审讯资料，也是从西丰县公检法出来的，谁谁谁买走了，买走大概还不到半个小时。相对于判决书，审讯资料可是好多了啊，面对面的交锋和过招啊。在各种各样的谈话里，审讯可谓是一种最跌宕起伏的谈话了，双方可能有的一切技巧和心迹都可由此得到展露。然而，就慢了半小时。我对那个先我得手的谁谁谁就有了恼意。那是一个在石油部门工作的人，身份有些神秘，矮胖、结实，脸上有着永不脱落大有文章的笑意。在我们这里，他的收藏是很有名气的。一般人，收藏总有个方向，或书画，或邮票，或瓷器，或钱币，或“文革”类，等等。如我，兴趣可谓广泛了，也不过是个字画旧书老印章而已。这个谁谁谁，你说不清他究竟是热衷于收藏什么。谁看好的一幅字画，乘兴过去，答说谁谁谁收走了，刚刚走，你追还追得上呢。谁看上了一对铜马镫，正在那里斟酌价格，决意要来买时，答说已经出手了，你要昨天上午来就好了，昨天下午给他拿走了。这个拿走铜马镫的，不是别人，就是那个谁谁谁。比如，你看上了一幅“文革”宣传画，看上了几个老日记本，要看上你就赶紧拿，你要不拿，你要等着卖主让价，自己在心里从容掂量，可能就趁这工夫，东西就让谁谁谁拿走了。就像小时候大人老拿狼来了吓唬你一样，摆摊开店的人就会拿谁谁谁吓唬你，说你不买了放着，给谁谁谁放着，他肯定拿呢。所有搞收藏的简直觉得这个谁谁谁就是个搅屎棍，就是个冷屃，生意行道里有这么个人你说你还做得了买卖嘛。连那些在谁谁谁身上得了便宜的人背过身也骂他，骂他真是个冷屃，除了垃圾不收，什么都收，眼里除了垃圾不是宝贝，什么都是宝贝。但是说老实话，当你见了那个谁谁谁，被他握了你的手，笑着用喜爱你的样子打量着你时，说实话，你心里的不快忽然地就没有了，你会被他弄得心里热乎乎的。

这个谁谁谁，虽然貌似抢了大家的生意，但他确实是一个有个人魅力的人。一起做生意时，他还会显出礼让的一面来。比如，一样东西，你先看到了，拿在手里端详着。这时候，他可能就不期然地出现在你身边，也热切地看着你手里的东西，好像有些羡慕你，在恭喜你搞到了一样好东西，暗暗鼓励着你当断则断，不要让好机会从自己手里溜走。他在旁边，会使你容易有一个决断，怕好东西旁落了似的。即使你不买，思前想后又搁下了，他也不会当着你的面即刻就把你搁下的东西买上，他总会匀出一个时间差来，使他避免掉与谁在争这个东西的嫌疑。再比如一个东西他先看上了，你跟过来也觉得好，他就会笑眯眯地和你讲，有意思嘛，有意思就给你。大致就是这么一个人，钱多，不怎么讲价。摊贩都喜欢他。大家都在他后面善意地揶揄他，说他那么小的个子，开了那么大一辆车。他的车牌号是一连串的444，弄些8呀6呀9呀的还有得说，弄这么多4做车牌号是什么意思呢？书摊、古董摊上总有一些自以为是的高手，于是说，有人以钟馗作门神，有人以鬼怪作门神啊，负负得正啊。世上的道理总是圆的不是扁的。

审讯资料给收走了，剩下这些判决书。我说判决书有公章，还有“文革”公章，谁谁谁咋没收？小白说，不清楚。我说那些审讯资料你卖给他做什么呀，他又不写东西，拿回去也是库房里一压。小白说，我一个做生意的，他要买我就卖，管他买去干啥，哪怕买去擦沟子我也不管他。我说小白，咱们都多少年了，二十年了吧？我需要啥难道你不知道？你明明知道我需要审讯资料，你连半小时也不等我。小白说，我不知道你半小时会来啊。小白把头偏过去向远处看了看，然后转过头来时，眼睛就很深邃地看着我说，老哥我说个实话吧，就是给你留下，你也给不了我合适的价钱，我要的价钱你接受不了。一蛇皮袋审讯资料，小白要了多少钱呢，谁谁谁又给了多少钱呢？我说小白，这次就这样了，下次要是有类似资料，千万给我留着，只要东西好，价钱好商量。小白说，那这些判决书你要吗？大概有二百份。不要了，好东西给人拿走了，要这个干什么，这就和街上张贴的布告公告一样嘛。小白说，要的话便宜给你。多少？小白竖起好几根指头，让我觉得人的指头原来也是够多的。老实讲，需求决定价格，不知道都在收这些老资料干什么，不知道都是谁在收，反正各种资料的价钱行情看涨。我们一些收藏资料的私下里也互通过信息，达成过约定，不要轻易买资料，要磨，要和摊主打太极，不能让他们觉得资料对我们很有用、很有价值，不能让他们觉得我们非买不可。非买不可价钱不是就由人家要了吗？然而就算我们遵守这个合约有人不遵守啊，有谁谁谁这样子天塌下来也笑眯眯的人，什么规矩也给他冲得乱七八糟。不买了，判决书不买了，珠子没了买个盒子算什么呢？我给小白打了个招呼就离开了。

我等着小白在后面喊我一声，决定在他喊我时要装作没听见继续走下去，但并没有听到小白喊我。大概走出百米开外，我又慢慢腾腾走了回去，小白躺在竹椅上，脸上盖着一本翻开来的《读者》。《读者》的纸质是不错的，不然他不可能盖得那么舒坦。判决书我拿上了。我给小白的理由是不想空跑一趟，逮着什么随手拿一点吧，聊胜于无。实际情况是，虽然是信手翻了翻，但我发现那些早年手写的判决书里还是有若干可看的东西。几百份呢，如果从中能寻绎钩耙出三两篇小说素材，那我买资料的钱不是就回来了吗？而且我还可以多出来几篇小说。各算各账。小白听说我要，并不很乐意卖给我的样子，一边撅出来一个大屁股给我看，一边在判决书里翻寻着，好像担心里面夹有什么好东西。小白这小伙子变了。先前小白是多好的一个小伙子，陕北小伙，看着我就叫哥，买不买东西都是哥长哥短地叫，要是天热，还主动买一瓶矿泉水给你递过来。现在小白变得深沉了，好像当官当到了一定级别似的，变得不苟言笑了，而且像警察看嫌疑人似的看我们，好像我们总在算计他，占了他的大便宜似的。我说，哎呀一张邮票。小白说在哪里，说着急急翻回去。我说小白再不翻了，我还忙着呢。小白又胡乱翻了翻，就把东西给了我。我让他换一个好袋子，我提上，提个脏兮兮的袋子招摇过市确实有碍观瞻。小白说，就这些老公章也值这个钱，还有不少五十年代的繁体字公章呢。我说我不收这个，我主要是看内容。

回家我就翻检那些判决书，相当一部分是手写的，而且年代越往前写得越详尽，越往前字写得越耐看；还有部分是毛笔写的，简直可以说是书法，我不是收字画嘛，这可以说是意外收获了。我曾经买到过一本宁夏粮食局编印的书，讲特殊年代食品增量方法的，比如就有讲到葵花秆子榨油的，说是一百斤葵花秆子，如何如何操作，经过哪些工序，可以出油九市斤。葵花秆子都可以出油，沉甸甸的白纸黑字的判决书，难道我还寻不出几篇小说素材吗？忙活了好几天，就让我找出若干素材，略事剪裁取舍，录存于此。

2019–2–3

井

这是一个听起来有些毛骨悚然的事。

杭州知青王卫跳到河滩的深井里去了。

王卫，曾用名王薇，1973 年来西丰县大湾公社榆树沟大队插队，包括她在内一男三女共四个知青分在马圈上队。马圈是方圆相对较大的一个生产队，分上队下队，社员福利相对较好一些，一个工能得到三毛到四毛的分红。相对而言，上队比下队又好一些，比如一个工会多出五分钱来。大致就是这样的一个状况。

马圈虽说叫马圈，但是更多的是羊，队里的羊圈比饲养院还要略大些，只羊把式就有四个之多。每有什么节气，队里都会报告大队，然后宰几只羊，四个知青分的羊肉比普通社员要稍稍多些。有一次什么节气，就直接分了四个知青大半只羊，只是把羊头羊腿没分给知青而已，几乎是一只全羊。

四个知青里，王卫年龄最小，十六岁，本事可以说最大，她是队里的赤脚医生。说来她当赤脚医生也是应该的，王卫来自医生世家，她的爷爷、父亲、母亲都是医生，耳濡目染是肯定的。她当赤脚医生后，还去西丰县培训了三个月。她主要的看病方式是针灸，总是背着个像木头又像皮子的棕色箱子。箱子背在她身上有些显大，正像现在的低年级学生背着高年级学生的书包一样。王卫的工作看起来轻松，实际上责任重大，所以较别人，她一个人拿着一个半人的工分。没人觉得这有什么不合适。至于王卫的医疗技术如何，没人能说出个所以然，反正有病就找王大夫，打针就找王大夫，娃娃让狗给咬了一嘴，也是找王大夫来给瞅瞅。一晃也就两年过去了，王卫也学了一些土方子给大家看病。那些土方子，经王卫一用，大家也觉得和他们以前用过的不一样了，病好像更容易好一些。就比如在溃烂的伤口上敷棉花灰，多少年来就这个办法用着，但是你没有王卫那细致的样子啊，你没有王卫那专注又自信的眼神啊，你没有人家大城市女娃娃身上的那种独特气息啊。说到底，你连点新棉花也未必有，你好像总是从老被子、老棉袄里撕扯出一点棉花来烧棉花灰，这是完全不一样的。因为王卫赤脚医生的特有身份，大家对王卫的信任更多了一份，一句话，队里能看病的，王卫是不二人选。像一些土医生，比如某某某的奶奶，接生啊，揉肚子疼啊，装神弄鬼啊，等等，和王卫比较，暂时就靠边稍息吧。王卫也有着一个大夫应有的淡定，好像什么病她也会治，什么事都不必着慌。好像她行医已经多少年了，其实她还不满二十岁呢。像每个人都需要阳光和水一样，每个人也都需要大夫，所以王卫和社员有着良好的关系。社员自己不舍得吃的东西也会偷偷地给王卫，甚至鸡蛋、红糖这样的东西。这个且说到这里。接下来说说案子的核心部分。

王卫是去给虎娃子妈看病后出事的。虎娃子妈，就是会计的老婆，肚子里像是有个疙瘩化不开，就请王卫去给看看。王卫看完病，已经是夜里八点多，星星都像火星那样一个个溅出来了。一个女娃娃这时候走路让人不放心，就让虎娃子送送。虎娃子把王卫送到知青的住处，就回去了。但是第二天就有了消息传开来，说是虎娃子把家里的两个鸡蛋偷着给王卫了，岂止于此，两个人夜里走过一棵新疆杨的时候，虎娃子把王卫推在树上，亲了人家一下，有说亲的是脸蛋，有的说赶紧把脸蛋放过，直接一下子亲到嘴上了。谁传出来的啊，不知道，反正都在传着。村子里好像一下子很不一样了。

上午散工后，王卫又去给虎娃子妈看病，听说王卫病是看了，但是也发火了，会计把儿子虎娃子打了两个嘴巴子。那么到底亲没有亲呢？到底亲的是脸蛋还是别的地方呢？如果没事，王大夫发的什么火？如果没事，会计打儿子两个嘴巴子又如何解释？总之就乱传开了，事情升级，已经不止于亲嘴了。但是接下来发生的事真是谁也没想到，搁一天前，大概连王卫也不会料到事情竟会发展到这一步，就是她跳到河滩的深井里去了。

方团圆历来一直缺水，省上县上也一直设法给社员们打井，这里的每个小孩子都记得打井时热闹壮观的场面。但是不知为什么，像探宝寻宝一样，这里那里陆续挖了很多的深井，却没有挖出水来。说一个题外话，这些年那里挖了很多井，挖的都不怎么深，然而水却很足，不清楚是什么原因。那时候都是在干河滩里打井，可能是打不出水的原因，越打越深，越打越深，不寻出水来不罢休。结果是水没出来，地上又弄出了很多深不见底的地洞，站在边上看，真是又黑又深，好像有一股吸力要把你吸到那里面去。丢一块石头下去，石头很快就没入黑暗里，过很久才能听到石头落到井底的声音，近似幻听。我就往那样的井里扔过石头，过得时间太长了，好像扔石头的时间和听到石头落到井底的时间不是一个时间一样，还觉得自己的肠子好像断了，肚子里空空的有些饿。等着听石头落到井底的声音，好像拉肚子把自己拉得虚脱了那样。既然打不出水，挖那样的深井干什么，不是没来由多了一分危险吗？我们小时候大人就反复叮咛过我们，不让我们到井边去耍，吓唬我们说井里有鬼呢，离得近了就有鬼伸出手来把你拉下去。大概二十年前吧，我还就此写过一篇小说，经作家陈继明编辑发表在《朔方》上。

王卫跳井成了很大的新闻，现在想，当时至少整个宁夏是知道这个事了。社员们有议论有抱怨，人固有一死，但是哪里不能死呢，死到那样一个深黑狭窄处去，太憋屈了啊。长话短说，这可是关乎知青的案子，一绳子就把虎娃子捆到公社去了，在一个空寂的老鼠也不待的房子里关着。两个基干民兵没明没夜地守着，都说这一回虎娃子是肇上了，你大是会计不错，但犯了这样的事，你一个生产队的会计算个啥呢。都说可能一命还一命，得抵偿。

大家正等着事情的进展时，忽然有了反转，王卫既然跳井了，不是她就在井里嘛，咋知道王卫是跳井了呢？井边上有王卫的一双鞋，鞋下面压着一张纸，其实就是王卫的遗书。把王卫从井里弄上来，怎么弄上来呢，谁下到那么深的井里去呢，谁愿意去呢？长话短说，不知谁出的主意，找到了被看得死死的虎娃子，说给你一个立功的机会，你要是把王大夫从井里弄上来，就算是立了一功。你说你去不去？

虎娃子去。把几根又长又结实的绳子连成一根绳子，拴了虎娃子，把他一点点一点点吊到深井里去了。虎娃子手里拿着一个手电，入井不久就打开了手电。刚开始看见手电还很亮，能看见手电照着的虎娃子，渐渐地就只能看到一点手电光，看不到虎娃子了。渐渐地，手电光像风中的油灯那样要给吹灭了。像一只萤火虫飞远了，飞到茫茫的不可想象的地方不见了，一点光亮也看不见了，只看见蛮粗的一根绳子垂吊下去，像是探索和吊取着无有穷尽的黑暗似的。担心虎娃子害怕，大家一直在上面向井里喊着，给他打气，要他也回应。虎娃子也在井里嗷嗷嗷地喊着，把他的被四围封闭着的声音送到井上面去。直到手电光看不大清时，还能隐约听到虎娃子的声音，像一只蚊子在空电壶里叫着。

有那么一个瞬间，井上面的人停了喊话，凝神都往井里听，什么也听不到，都觉得自己的耳朵好像是伸长了，能听到很远，然而什么也听不到，就朝井里喊虎娃子回一声话。不见井里的动静，但是不要紧，绳子还在动，还在一点一点地下到井里。这就说明没事，说明虎娃子还在往井里下着呢。果然有人听到了虎娃子的回声，并非所有的人都听到了，但是听到的人坚称自己确实听到了，嗷嗷嗷的声音，不是一直就这么嗷嗷嗷地喊着吗？后来大家也不操心看不到手电光了，也不操心虎娃子的回音了，只要绳子还在往井里落，就说明一切是正常的。

终于大家吃了一惊，绳子不动了，好半天绳子都没有再动，说明什么？说明虎娃子到井底了。大家都给虎娃子安排着，让他到井底如何如何操作，不要忙不要慌，慢慢来。井底下不像井上头，上头一分钟干完的事，下头可能十分钟也干不完。但是千万不要慌，井上头都是人，绳子的一头就在井上头，只要下面弄妥，上面一用力，就吊上来了，就这么简单。要说害怕，想通了也没什么了不得的，也没什么害怕的，都在议论着下面弄好会花多少时间。有人试着拉绳子，很快就有人提醒千万不要急，上面一急，让下面的人怎么办，不是更急了吗？所以上面的人是一点也不能急，给虎娃子安排好，一切弄妥了把绳子摇一摇，上面就得着信息了，就能按计划行事。但是很久过去了，不见绳子的动静。大家又说这么长的绳子，恐怕下面摇上面感觉不到。

总之过了很长时间，算起来把十个牛也捆好了那么多的时间过去了，有人就提议差不多了吧，往上拉吧，让人在黑井里太长的时间没动静也不好。有理。但还是又过了一会儿，才开始试着拉绳子，好像下面沉沉的，感觉不出来究竟是一个人还是多了一个人，往上拉吗？谁都不敢做这个决定。后来就决定往上拉了。因为都觉得时间过去了太久，再不拉错过良机可怎么是好。虽说毕竟通气着呢，但深井里的空气毕竟不像外面的空气，越往深处空气越少，这是一个简单的道理。拉吧。拉绳子的人往掌心里吐了唾沫，用力一拉，拉的人险些坐到了地上，竟然轻了许多，绳子下面好像没吊着什么。

这是什么样的消息？赶紧再试，果然，好像只剩了绳子。说明什么，大家都不敢想。绳子解开了吗？为什么要解开绳子呢，怎么想的呢？你把绳子解开了谁又给你系上啊。

绳子很快拉了上来，果然那一头是空的，解开的绳头像被马抛弃的缰绳那样显得尴尬和惊魂未定。后来绳子又放到井里许多次，都是劳而无功，空去空回。直到二十多天后，动用了特别部门的特别手段，才把两个人从井底弄上来。

时间已经到了1976年5月，距离唐山大地震不足三个月的时间。虎娃子为什么解开了绳子，是殉情吗，是赎罪吗？一种说法是，那么深的地方，又那么窄狭，有个死人在下面，八成虎娃子是吓糊涂了，一个吓糊涂了的人，你让他怎么按计划行事呢？既然当事的两个人都没有了，这案子也就只好不了了之。

2019-2-4

卢良臣

1982年4月25日上午十时左右，西丰县玉狮公社杏树湾大队二队社员苏尕女和丈夫卢文涛办了离婚书出来，骑自行车走过一个桥头时，被卢良臣带着两个年轻女人拦住了。

卢良臣，男，八十二岁，玉狮公社杏树湾大队二队社员，曾任二队队长多年。卢良臣带着的两个女人，一名马富华，二十三岁，卢良臣的孙媳妇；一名卢文花，十九岁，卢良臣的孙女子。苏尕女、卢文涛办妥离婚书出来，就分道扬镳，一个那边走了，一个走这边了，从此各走各路，井水不犯河水。苏尕女不知道自己走的这个方向，早就有人埋伏着了。

说起苏尕女、卢文涛的婚姻，可真是没什么可说的。两个人结婚三年了，圆没圆过房都难说。结婚半个月，卢文涛就上新疆了，在新疆一呆就是两年多，死着么活着都不清楚，也许别人都清楚着，只有苏尕女不清楚而已。忽然间，卢文涛又回来了，回来不到几天，又搭去新疆的车走了，好像来浪亲戚，新疆倒是他的家。有人说这确实是一个事实，卢文涛新疆有家呢，有个妇人呢，在新疆七台，妇人是卢文涛二舅舅的女子。卢文涛的二舅舅20世纪50年代末去新疆，算来已经二十多年了，成新疆人了。既然如此，为什么又要扯上苏尕女，为什么又要和苏尕女结这个婚？这就是苏尕女的命哪。两年多不见影踪，回来又刮风一样走了，这一来苏尕女忍不住了，不打算忍了，苏尕女提出来离婚。结果是卢文涛同意离婚，卢家其他人不同意。卢文涛的爷爷卢良臣就不同意，说这样子很好的，都不要闹腾了。大家猜主要的原因是苏尕女太能干了，里头外头干活都是一把好手，这一离婚，归她干的那一大堆活计谁来干呢？就比如卢良臣老人的那一嘴吃的喝的，每天早上日头还没有照亮窗子时，就要给他端上来。几年来，这都是苏尕女干的，一旦苏尕女离掉，人家肯定是伺候别的人去了，不会再伺候你卢家人了。外人议论，卢文涛同意，其他人不同意，肯定是这个原因。就是苏尕女乐意伺候卢家人，苏尕女的娘家人也乐意吗？这样一个婚姻状况，搁谁作为娘家人都会不乐意。说是卢家的媳妇，是卢家的什么样的一个媳妇呢，里子没里子面子没面子的。关于苏尕女的婚姻，相对而言也是村里议论较多的一个事情。比如，有女子的人家就会说，千万不要把我们的女子弄得和苏尕女一样。都已经成了个教训了。老实讲，苏尕女也不能不受这些民意的影响。这样的民意摸不到看不见，但是比摸到看见的还要厉害，还要对人有压力，要逼着人这样不能那样。所以苏尕女不提出离婚不说，一旦提出，那就是有些烈马脱缰的意思了。

在村子里，训导媳妇的一般是婆婆，但是据说卢良臣亲自把苏尕女叫到自己跟前谈过话。卢良臣说了很多，从孟姜女说到王宝钏，从王宝钏说到一些烈妇烈女，又说到现实里的某某某，都是活生生的例子啊，咋不跟上学？咋不跟上好的学专门跟瞎的学。苏尕女也不是非要离婚不可，她提出来一条，就是让爷爷把孙子从新疆招回来，让小两口安安生生和和气气过日子。这一点卢良臣是做不到的，加上卢文涛自己的意思，几个月的纠缠反复过后，还是弄到了离婚的地步。看来不离是不成了，苏尕女宣布说，再搅扰着不让离婚，我就吃老鼠药。那就离。

卢文涛特意从新疆赶回来办离婚。经过调解协商，卢文涛自愿付给苏尕女生活费人民币八十元整，被褥衣物等折价六十元，合计由卢文涛付与苏尕女人民币一百四十元整，拿到离婚证时一次性付清。

就在苏尕女、卢文涛办离婚证的头一天晚上，卢良臣把两个小辈马富花、卢文花招到自己的屋子里密谋了一番，授以机密。卢良臣对两个小辈说："他们扯了离婚证，公社里一出来，我到跟前拉住，把咱们的一百四十元夺回来。你两个就堵住她把裤子扯了，当街上臊一顿，叫精沟子回去。"

说到做到。

第二天上午十时左右，苏尕女领了离婚证出来，见卢文涛朝那边走了，她就选择一个相反的方向，骑上了自行车，没想到被卢良臣一干人候个正着。当时，苏尕女的自行车刚刚过了小桥，还没到兽医站门口，卢良臣几个人就从街边上突然出来。苏尕女看到卢良臣，出于一贯的礼节，还认他是个长辈，就从自行车上跳了下来。她想不到卢良臣一上来就揪了自己的领子，而且一只手伸进自己的裤口袋里去了。苏尕女说，爷你干啥呢？就在这时候，按照先前计划好的，只听几声刺耳的声响，两个年轻女人把苏尕女的裤子撕开了。这时候已经聚了不少围观的人，卢良臣企图把自己藏在围观的人群里，但是被认了出来。

卢良臣因此吃了官司，被判定：

一、判处卢良臣、马富花、卢文花免于刑事处分；

二、按双方同意离婚准予离婚的原则，维持玉狮公社对卢文涛、苏尕女的婚姻和财产处理；

三、卢良臣付给苏尕女赔偿毁坏衣物款陆拾元整。

写完这个故事，我忽然觉得有些意兴索然，世事纷纭，人情翻覆，有多少故事可写，为什么要写这一个呢，看来看去没多大意思。我寻思着自己要把这个故事写出来的初衷，心里一动，好像是找到了。一个在这个尘世上活了八十多年的人，还能做出这样的事来，带着两个年轻女人，就此来想，不能不说，这个事情还是很有意思的。

2019-2-6

姚桂花

姚桂花和苏文成结婚十六年了，一直没能生育，主要原因在于姚桂花有病，在老中医虎显清那里看过许多年，也无效果。虎大夫说，命里没有莫强求，算了吧。姚桂花和苏文成是姨表关系，可谓青梅竹马，虽然没有孩子是个遗憾，但两个人的感情还是不错的，要不一起也过不了这么长时间。姚桂花说，我下辈子变个马你骑上浪新疆吧。又说，明儿买个鹅蛋我给你孵个儿子。说这样的话的时候，一般都是两情欢好，在一起戏耍的时候，姚桂花意醉神迷，和着特别的喘息说出这些来。姚桂花的病主要是不生养的病，其他倒没什么。在农村，她算是长得不错的了，还自带一种洋气，像她原本就是城里人，识文断字，嫁到乡下来的。姚桂花是西滩公社涧沟堡人，一天书也没念过的。她的口噙子也吹得好听。弹着弹着，她就会落下泪来，一边落泪一边弹。苏文成偶尔还会伸出手去，擦擦她的泪水。姚桂花做饭一般，有时候，苏文成还会帮姚桂花一把，这在农村是很少见的。要是没有沙黑女出现，姚桂花、苏文成也就那样过下去了。

说来，沙黑女还是姚桂花引进门的。

沙黑女，1926 年生，嫁与三百户马六斤为妻。生有两儿一女，大儿子六岁，女儿最小，还没有完全断奶。

1952 年腊月的一天，距离马六斤被镇压还不到二十天，姚桂花去沙黑女家还一个借来的东西。她看见沙黑女烟熏火燎地做饭，把脸贴着灶火洞吹里面的火。小儿子在炕上张着嘴大哭，女子也哭着叼着她的奶头，家里虽然有人，但是显出破败冷清的样子。姚桂花看着这些，心里就有了一个主意。姚桂花把这个主意在心里掂量酝酿了几天，决定对苏文成说出来。

刚吃过晚饭，姚桂花背对着坐在炕上剔牙花子的苏文成洗锅。哗啦哗啦的洗锅声，使黄昏似乎走得慢腾腾的，夜色在远处还没有过来。

姚桂花说，吃好了吗？

苏文成说，肚子都吃圆了。

姚桂花说，要是有个娃娃和搅着，咱们还能多吃一点，人多了吃饭香嘛。

苏文成说，各吃到各的嘴里了，和人多人少有啥关系。

打过这些埋伏之后，姚桂花就决定直说了。她说了今天去沙黑女家里的事。

姚桂花说，太可怜了，一个炕上鼻啦涎水地号着，一个咬着奶头怀里号着，这才刚开始，以后咋过下去呢？

苏文成说，她命不好，嫁了个土匪嘛。新社会了，还当土匪，就像人家刚刚搬了新家，你在人家的院子里拉屎，人家能饶过你？

姚桂花说，我不是为她们想，我是为咱们想。

苏文成没明白。

姚桂花说，你看这妇人娃娃没个掌柜的，这日子不好过吧。这女人还正在时节上，年轻着呢。我的意思，你两个到一搭，给咱们家里养上个娃娃，让咱们也红火红火。

苏文成没想到姚桂花会说出这话来，他愣在炕上了。

姚桂花回头看了他一眼，说，咋不说话？

苏文成说，看你胡说啥着呢，男人刚刚毙了，我去占人家的女人，亏你说得出来。

姚桂花说，咱们不能管那么多，咱们要为咱们的事着想呢，还不能迟，迟了就有闲话呢，就要趁着这个机会赶紧办咱们的事。就比如，你两个在一搭几天，怀上了，说起来也还是沙黑女跟她自己男人的娃娃嘛。这样对沙黑女好，对咱们也好，事情成了，又不落啥闲话。

苏文成断然拒绝，让姚桂花再不要胡思乱想了，两个人的日子他觉得没什么不好，反而觉得美得很。弄一堆娃娃，哭哩喊哩的他还觉得吵得很。姚桂花马上说，不是一堆娃娃，一个娃娃就中了。咱们没个娃娃，确实有些太孤了，你两个到一搭几天，给咱们生上一个，生下的娃娃也是咱们的嘛。苏文成忽然坏坏地笑了一下说，我两个在一搭，你往哪搭搁？姚桂花愣了一下，似乎没想到苏文成会说这话，而且苏文成刚才那笑的样子也把她吓了一跳，没见苏文成那样子笑过。苏文成恢复了庄重的神色说，再不要乱想了，想的这都是啥呀。两个人的日子过惯了，不想再过别的日子了。姚桂花说，我想好了，再就看你的了。我说清楚，咱们就是和她生个咱们的娃娃，儿子女子都行。娃娃是咱们的，她还是她，我们还是两口子，这个不变。苏文成说，你咋想得这么简单呢？这么大的事，你同意人家同意吗？你不是三岁娃娃的脑子吧？姚桂花说，我知道我知道，先一步一步来，先把你说通，再去找人家说。咱们当然不是白让人家给咱们生娃娃，咱们给人家报偿嘛。她现在男人没了，又是那么没了，人在难处，也需要个人来帮她一下。我的意思，给人家说清楚，生一个娃娃，三百块钱，娃娃生下，钱交过手，两个就算两清了，以后啥关系也没有了。娃娃生下，她沙黑女就说娃娃多养不活，给咱们就是了嘛。咱们算是收养了，实际咱们心里明镜儿一样，就是咱们的娃娃。庄里人说起来，就是人家马六斤的遗腹子，那还有啥说的，谁都没说的。

就这些话、就这个意思，锲而不舍地说，就把苏文成说动了。沙黑女那边，姚桂花声明由她去说，先给上一百元定钱。这个事情上不能小气，砸锅卖铁也要把这个事办成。这个事成了，可以说两口子再没有什么事了。关键要紧急行动起来，不能耽搁，要是几个月之后再弄这个事，人们就容易有闲话了。苏文成看着黑乎乎的屋顶说，好，我先凑一百块钱，你拿上，拿上给咱们说去。

长话短说，事情成了。沙黑女怀上了，肚子出来的时节就听姚桂花在村里传闲话，说那死鬼死了死了，还留了个祸害，生下来给我们呀。果然生下来不久就给了苏文成两口子，苏文成两口子为这个小生命忙乎起来了，他们的生活完全被这个小家伙改变了。姚桂花甚至红着脸，心怦怦跳着奶那个小娃娃，被他咬得奶头又痛又痒。其实沙黑女有奶，但是姚桂花不让沙黑女奶。姚桂花的娘家给了姚桂花一只山羊，她就用山羊奶喂娃娃。她还把山羊奶涂在自己的奶头上，娃娃吃奶的时候，她全然是一个幸福母亲的样子，好像那奶水确实是从她的身体里溢出来的。娃娃吃奶的时候，她忍不住亲娃娃的小脸蛋，好像再没有比这个更好的东西。

转眼就到了 1963 年，苏文成、姚桂花的儿子苏小宁已经十岁了，在村小学读书。村里的小学，两天有老师，两天又没有老师，所以学生的学习难以正常化。苏小宁已经十岁了，也只读到一年级。反正没老师不说，一旦派来老师，校门又开了，姚桂花就把儿子送到学校里去。都说姚桂花把个儿子太惯着了，苏小宁那么大的人了，有个头疼脑热，姚桂花还背着他去找村里的土医生。

说话就到了 1963 年 6 月的一天，天气非常热，放学的铃声刚刚响过，从窄小的校门里学生们像出窝的麻雀那样飞出来了。姚桂花在娃娃群里找到儿子，牵了他的手就走，走到一个长斜坡那里，很多羊在墙影里趴着歇凉。一只公羊很毛躁的样子，一会儿拿它的长角抵抵这个，一会儿又抵抵那个。其他羊一致冷着脸不怎么理它，任它自忙。暴烈的阳光里弥漫着羊毛羊粪的气息，使人觉得好像中毒了一样。母子俩刚刚走到斜坡中间，就被从斜坡上下来的沙黑女遇个正着。沙黑女邀请姚桂花娘儿俩去她家吃饭，说正好有三个鸡蛋，做点鸡蛋面片大家吃。姚桂花说，苏文成收工回来还吃饭呢。沙黑女说，让我哥也吃点鸡蛋面片嘛，不能光咱们吃，你们吃罢了，给我哥端上一碗。鸡蛋面片的话也诱惑了苏小宁，于是就去了沙黑女家。家里就沙黑女一个人，问娃们呢？说去哪里哪里了，都还没回来。果然是鸡蛋面片，黑面白面和在一起做的鸡蛋面片。姚桂花要把自己碗里的鸡蛋捡给儿子一些，沙黑女拦住了，又添了一点鸡蛋给苏小宁，让姚桂花吃自己的就是了，还告诫姚桂花，娃娃不能太惯着。吃过饭，沙黑女果然又让端了一搪瓷缸子鸡蛋面片给苏文成。姚桂花道了好多的谢才出来。

回到家里不久，姚桂花就难受起来。人们赶着把她往西滩公社的卫生院里拉，半路上就走了。

沙黑女给姚桂花的碗里下了毒。

何以至此？

原来沙黑女忍耐很长时间了，生下苏小宁之后，虽然得到了三百元的报偿，但苏文成、沙黑女并没有断了关系，一直偷偷地来往着，只是姚桂花不知道罢了。沙黑女不满足这样。儿子是自己生的，人家两口子还是两口子。她清楚，自己在苏文成的心里并不比姚桂花重，让苏文成离开姚桂花和自己生活，这辈子没有希望，这让她觉得姚桂花妨碍了自己的生活。她早就想除掉姚桂花了，一是觉得姚桂花这个人确实不错，二是确实有心无胆，就一直拖到苏小宁都长这么大了。她的想法是，姚桂花没了，就可以和苏文成堂堂正正地成两口子，苏小宁也回头来做自己的儿子。姚桂花死后，沙黑女还姐姐长姐姐短地哭了一阵子。

2019-2-19

饲养院

1964年深秋时节，西丰县小河公社民联大队油坊沟东队社员在饲养院里出粪时，扒拉出一个女人头来。之所以认出是女人头，是因为不成个样子的头颅上还有着女人发辫的痕迹，被火烧去了部分，并没有烧尽，尤其是右边的耳朵还剩了半轮耳垂，一个铜耳环还勉强挂在上面，没有全然脱落。有辫子又有耳环，自然死者系女性无疑。

死者是谁？为什么埋在饲养院？为什么只有人头一颗，身子哪里去了？

很快上面的人就来了，很快也就锁定了嫌疑人，嫌疑人叫李长顺。李长顺，二十八岁，油坊沟东队饲养员，基本住在饲养院里。

牲口圈外面入口处，有一座很简易的小房子，里面住着几个饲养员，每天都得至少留一人在饲养院里守夜。李长顺因为和老婆关系不是太好，不乐意回家，这样他住在饲养院的时间就相对稍多一些。当然也有几个饲养员都留下来守夜的，比如牲口要下崽了，或者是哪个牲口有病，或者是某段日子贼多、狼多，这样的时候，一个人不行，住在饲养院的人就会多一些。拢共四个饲养员，刚好够打牌打对家，那样的时候，大家就打牌打到夜很深，有时候打牌打到灯里没油了才伸伸懒腰睡觉。饲养院里的好处是粪多，填炕不愁。老百姓嘛，能天天睡热炕也是一个不小的福分，还可以在炕洞里烧洋芋吃。他们有时在夜里逮住偷粪的人耍耍威风，或者手下留情，悄悄放过，这时候心情也是很特别的。恶人可以当，好人也可以当，就看自己的心情了，就看别人的运气了。也有妇人女子来偷粪的，这都使人在当恶人还是当好人上摆摇不定很难把握。李长顺就碰到两个娃娃来偷粪，姐姐领着弟弟，他们已经偷上粪了，刚刚敛声走过饲养院的小房子，李长顺正好出来撒尿，碰上了。两个娃娃就跑，粪从背篼里掉出来。李长顺追上去，捉住了后面的，一看是个女娃娃，是那个谁谁谁的大女子。那女子吓得发抖，热气哈在李长顺长毛的手上，痒酥酥的。天上的星星麻拉拉地拥挤着，像是要挤得掉下来一些。但是到最后，李长顺只是把那个女娃娃紧紧往怀里搂了几搂，在她的嘴那里胡乱吃了两下，就摸摸她的头放她走脱了。她的弟弟早跑得不见影子了。星光下，能看到落在地上的粪蛋儿，青蛙一样趴着。李长顺照准一个粪蛋儿狠狠一脚踢出去，就推开门去睡觉了。饲养院里也会发生一些事的，但是没想到会有个人头在这里。

之所以锁定李长顺是嫌疑人，是因为李的老婆胡金花忽然不见了，好多天没见着这个人了。问李长顺你老婆呢，咋不来上工劳动，她当她是娘娘小姐吗？李长顺半天也说不清楚，好像有话不好讲似的。队里有妇女队长，妇女队长一次次问李长顺，好像李长顺把老婆藏起来了，让他把老婆交出来，问得李长顺没法子抵挡了，就说老婆的娘母子有病，老婆看去了。妇女队长说，要请假啊，这像什么，要是今儿这个的娘母子有病走了，明儿那个的老子有病走了，队里的活计谁干，还有没有个规矩？一般来说，妇女队长比男队长要积极一些、严厉一些，也更为自律一些，不然也当不上妇女队长。像油坊沟东队的妇女队长，对自己就是很严厉的。有时候，她的奶汁溢出来，从衣服上就能看到，但是她不会因此就擅自回家奶自己的孩子。妇女队长对李长顺说，你老婆这次回来麻烦大了，不信你看着，你们这些人太没个王法规矩了。但是现在胡金花回不来了，她的人头都给人弄在饲养院里了。

要是李义东还活着，胡金花就成不了李长顺的老婆，她就可以安安分分、心无旁骛地继续当李义东的老婆。可是李义东活得好好地死掉了。李义东，油坊沟东队副队长，油坊沟大队民兵排长，很干散的一个人。七八个社员出去搞副业，在县上给县粮食局打墙，墙倒下来打坏了两个人，其中一个就是李义东。他站在高墙上提杵子，墙忽然就倒了，他掉下来倒不像另一个社员被埋住，但不知怎么的铁杵子砸在他的头上，一个那么干散的人就这么没有了。这就有了三十二岁的胡金花再嫁给二十六岁的李长顺的事。原本想着你一个三十二岁的，嫁了人家一个二十六岁的小伙子，你还是个寡妇，账面上来看你是占了便宜的，人家小伙子是吃了亏的，但世上的账好像不能这么来算。实际情况是，胡金花对这第二次婚姻好像不大满意，显出一些下嫁的意思来。李长顺当然也有自己的道理和说辞，两个人就常常吵嘴干仗，才发现胡金花原来是这样一个女人，还有另一面，在李义东做她的丈夫时，完全看不出来她是这么个人。可见在不同的组合里有多么不一样的人生和人性。李长顺是想好好和胡金花过日子的。李长顺知道自己还敌不过一个死人，有时候吵嘴，他气得骂，你那个大再好，也死掉了，你这样枉费心思何苦来着，你这样闹腾有什么用吗？

一次两个人干仗，从屋里打到院子里，从院子里打到街门外来了。人们都在各处看着，两口子打仗，别人不好劝，就是个远远地看。李长顺他大受不了了，拿了一根棍子，把那两个打成一团的人不分彼此，乱抽了一顿，然后扔下棍子回家里去了。老人的屁股那里，松阔着，使他的裤子几乎都要掉下来了。大家都说，这两口子肯定好不了，有一个死鬼在那里，人家两个关系好，情意投合，肯定要搅和，搅和得这两个人过不成。两个人干仗的时候，谁也没有想到竟然是李长顺先哭起来了，边哭边打边说，你那个大好得很咋死掉了？说明行下亏损事着呢你懂不懂？你那个大好得很你跟上去吵，没有人拦你。胡金花的所谓干仗，主要还是防御，就是李长顺的巴掌扇过来时遮挡一下，脚踢过来时躲一下不要被踢到，不要被踢到关键位置。有时候，她也会趁机伸出去手，在李长顺脸上挠一下，李长顺可以给她这样的机会是很少的。李长顺打胡金花，完全是恨铁不成钢。这样的心态出手，往往就是很重的，弄得胡金花的头发乱乱的，鼻子也出血了，衣裳袖子也撕开来。骂是骂，打是打，但是谁也没想到一个会把一个的命要了，而且如此残忍，一个全尸也不给留。

李长顺父子被抓走后，人们都议论说，那天把胡金花的头弄出来，有人看见李长顺也在当场的，嘴里是一根旱烟棒子，边看边抽，真是天胆啊。有人看见李长顺当时一边看一边还和两边的人说着什么，他都说着什么呀。

都说碎娃娃（小娃娃的意思）嘴里有实话没谎言，就把李长顺十二岁的弟弟李长林抓去了，先审这碎娃，问你嫂子是你大杀的还是你哥杀的？说了你就回去，不说你碎狗日的饭吃不上觉睡不成，让你娃就地脱一层皮。那娃没多久就招了，说是他哥连他大杀了他嫂子。夜里，他睡得迷迷糊糊的，睁眼一看，屋里人影子乱绕，天明他嫂子就没有了，就再没有见过他嫂子。好，就按事先约定的把李长林放了，把李长顺爷父俩抓了。

人们对李长顺说，你大、你弟争取宽大都交代了，再就看你的了。又对李长顺父亲说，你的两个儿子把根根蔓蔓都说得一清二楚，再就看你老汉的了。妇女队长的证言也及时拿出来了。当时，妇女队长问你老婆胡金花哪里走了，你嘁嘁楚楚不说，为什么嘁嘁楚楚的？心里没鬼嘁嘁楚楚干什么？后来赶沟子问得你没办法，你又讲胡的娘母子有病看娘母子去了，实际看娘母子去了没有呢？实际娘母子有病没有呢？人家死者的家人还要找你问你的岁数呢。问岁数是这里的一句土话，意思就是要来找麻烦呢。李长顺爷父俩没话说。李长顺完全被问得像个杀人犯的样子了，但还是死扛着不交代。他父亲在那边也死扛着不交代，但后来像泄气的皮球一样，还是交代了，政府说得对着呢，就是我们爷父俩干的，头埋在饲养院里了，牲口给踏一顿就认不出来了嘛，身子丢在震湖里了。为什么要杀胡金花？就因为胡金花想着死的，看不上活的。胡金花的头发上有烧过的痕迹是怎么回事？刚开始想把她烧死，后来觉得烧的话动静太大，就放弃了，过了两天，还是把她弄死了。头是咋到饲养院的？头是李长顺趁夜带到饲养院的，因为有饲养员的身份方便，身子是爷父俩背着扔到震湖里去了。好，捋清楚了，就等着判刑了。

就在这时候却发生了一件事，胡金花的娘家人收到了胡金花的信，原来胡金花在内蒙古左旗，而且又结婚了，还生了一个孩子。

那饲养院里女人的头是怎么回事？

后来在一个养蜂的人那里得到了信息，养蜂人讲，那还是开荞麦花的时候，树还没有开始落叶子，一天早上，太阳刚出来，他的蜂子也刚刚飞出蜂箱，嗡嗡嗡嗡飞得正起劲，就见不远的树林边儿上，一个男人在烧什么，边烧边哭。那人走后，他过去看，原来烧的是一个小姑娘，十来岁的样子，还没有完全烧干净。这里的汉族就是这样的风俗，没成年的孩子不入祖坟，常常是寻一个干净偏背的地方烧掉了事。养蜂人说，自己回到住处时却看见不知从哪里来了一条野狗，在烧过小姑娘的地方埋头吃着。他想着小姑娘还没有烧干净，不能给狗吃掉，就提了棍子跑过去。狗吓得跑掉了，但是把小姑娘的头也咬在嘴里带走了。

后来，法院判定李长顺、李继武二人无罪释放。

李长顺、李继武爷父俩被释放出来，在看守所门外长跪不起。关了十八个月，谁想到还能出来，想都不敢想会有这一天。爷父俩像是要永远这样地跪下去才能表达心意才能对得起谁，还是旁边的人反复劝说拉拽，这才起来，做梦里一样回去了。爷父俩的感受和经验是，千万要当个好人，当个罪犯真是太可怕了。

2019-2-17

陈宝臣

陈宝臣和小舅子田让在山上砍柴时被狗牙齿扎了一下，扎出血来，陈宝臣就捏了一撮干土按在出血的地方，按了一小会儿。

陈宝臣说，让娃，你今年十七岁，说小嘛也不小了，马上就是成家立业的人了，古言说得好，刘晏七岁为翰林，甘罗十二放宰相。人在这个世上，看着年轻俊美，一转眼就胡子拉碴了。说的是个啥意思呢？意思就是活着就要干一些事情呢。田让说，姐夫，我姐说你会把《三滴血》全本唱下来，你给我唱一下我听。陈宝臣说，我给你姐唱过，你姐爱听得很。可是让娃，今儿我没有唱的心思，再找个机会给你唱，唱要有个唱的心境呢。陈宝臣把出血的地方吹一吹，已经不出血了，出过血的地方看上去就像有个死虫子隐约埋在里面。陈宝臣说，让娃，人活在世上，有顺的时候，有不顺的时候，这两年我就不太顺，把你姐姐也累害了。你说马上要开春犁地摆耧了，我承包的驴又死掉了，你说开春咋办好？田让说，我姐说驴是你喂着给胀死的。陈宝臣说，你不要听你姐胡说了，我喂呢还要驴吃呢。好比我给你做了一大锅饭，一大锅饭你都能吃完吗？饭是我的，肚子是你的，对不对？田让说，驴死的时节就是个大肚子。陈宝臣说，驴大肚子是事实，但不能说驴是吃死的。它的大肚子不是吃下的大肚子，那本身就是个病，和人得了大肚子病一样。人牲一理。你姐那是看驴死了，心疼驴埋怨我，说我把驴喂死了。我喂驴一直就那么个喂法，一句话，活的喂不死，死的喂不活，该下你舍财的命。陈宝臣说，这些没用的话都不说了，说就说点要紧的，关键开春要用牲口了，又没个牲口，咋办？田让说，你可以给别人家帮工，然后把他的牲口借来你用。陈宝臣说，办法是个办法，比不上自己有牲口便当。

看陈宝臣的样子，他实际是有主意了。陈宝臣说，让娃，你是我小舅子，我说个实话，我想把你三爸的骡子弄来呢。田让吃惊地看着陈宝臣，说，姐夫你啥意思？陈宝臣说，意思明白得很，就是把你三爸的骡子偷偷弄来卖了。田让说，姐夫你糊涂了，三爸是我三爸，是你的三外父。我知道我知道，陈宝臣说，你三爸是我三外父，这个不用你说。我给你讲讲为啥我不偷别人的这个那个，专偷你三爸的骡子。你听我讲讲你就明白了。这个事我也是想了又想，想这么做合适不合适，不合适我就不干。那么为什么我觉得偷你三爸的骡子合适呢？当初队里分配抓蛋蛋的时节，我和你三爸分在一起抓。纸蛋蛋小得很，混在一起，我一下抓了两个，不是我想抓两个，抓到手里才发现原来是两个。这样你三爸就啥都没抓到。我两个都没有看，放在手里，让你三爸抓一个。你三爸说，不抓了，让我随便给他一个，我就给了他一个。结果，他抓了个骡子，我抓了个草驴。到现在我的驴死了，他的骡子好好的。这都是个人的命。但是我也想，那个纸蛋蛋，不是你三爸自己抓到的，是我抓到手给他的。那么就不能说骡子就是你三爸的对不对？另外他要是抓上驴，不是现在也死掉了嘛。这是一个。另一个是几十年前的事了，那时节到处有土匪，紧张得很。我爷把一些银元藏在一独轮车垃圾里，就那么藏着，给家里人也没说。结果不知道让谁推出去倒垃圾，连银元一起倒掉了。我爷知道了急忙去看时，发现垃圾翻得乱七八糟的，一个人正在往远处走着，看样子是刚刚翻过垃圾。我爷赶上去问，一问三不知，要搜身子不让搜，把我爷气坏了。那个人就是，唉，是谁就不说了吧，我说到这里你猜都能猜来。这话我悄悄对你姐说过。那么我为啥又说到你三爸这里？因为老人后来就是在你三爸家里嘛，要是有点老底，也是给你三爸了对不对？所以我想来想去，就想了这么个主意，就是要把你三爸的骡子偷来。可以说偷，实际上也是把原本属于我的东西弄到我手里来。兄弟，我就是这么个想法，你觉着有道理吗？

田让说，好像有道理又好像没道理。陈宝臣说，你这话好，好像有道理又好像没道理。这就等于说，那个骡子好像是你三爸的又好像不是你三爸的。陈宝臣说，兄弟，你给我帮个忙，我一个人弄不成这事，狗咬人喊的。田让说，姐夫，我给你能帮啥忙？陈宝臣说，你要帮的忙很简单，就看你帮不帮。你就是去给姐夫放个哨，去和你三爸扯闲篇，把他的注意力吸引住就是了。田让说，姐夫我咋觉着这么弄不好。陈宝臣说，那我这半天是给你白说了吗？庄里多少牲口，我咋不偷别家专偷他家，就说明我不是偷嘛，是把该我的我拿回来嘛。田让说，你偷回来咋办？那么大的个骡子，你又不能夹在眼皮子底下。陈宝臣说，这个你就不要操心，你只要把你三爸稳住就是了。陈宝臣说，兄弟，从古到今都是这样的，忠臣良将没有好下场，做贼剜洞的当帝王。你把日子过好了，人家才给你竖大拇指呢，再都是闲的。再说开春没个牲口，我吃力，你姐也吃力是不是？你姐这个人还好强得很，你不是不知道。当然你给我帮忙，我也不让你白帮，骡子卖了我买个驴，剩下的钱给你，你买个自行车，新的买不上半新的总能买上嘛。姐夫的话你总是相信的吧？陈宝臣说话，田让是相信的。这一点没有问题，而且还有自行车的诱惑，田让就答应了。

1982 年2 月21 日，吃过晚饭，田让装了一口袋葵花子去和他三爸商量什么。就在他们嗑着瓜子拉闲的时候，陈宝臣悄悄溜到牲口棚，神鬼不觉就把正吃着夜草的骡子牵走了。连狗也没有叫一声，狗正在狗洞里嚼田让带来的骨头呢。

陈宝臣骑着骡子直奔二十多里开外的鹃子湾。鹃子湾有一个叫吴元新的，早就和陈宝臣说好了。到�子湾时已是深夜，吴元新拿着手电来给陈宝臣开门。手电像得了重病的老人那样勉强亮着，连个骡子的脸都照不全，只照着骡子的两个鼻孔像做饭时的烟囱口似的。吴元新接过缰绳把骡子拉到一边去了。陈宝臣让给骡子上点夜草，因为来的时候它就在吃草。

一会儿，两个人在屋子里，喝着茶，却谈崩了。原本说好的 550 元，吴元新却不认账了。吴元新说，这个骡子和陈宝臣曾经给自己指认过的那个骡子有些不一样，这个骡子看上去小了一号。陈宝臣急得把肝肺都要吐出来了，他说，我可能哄你吗？说好的事我能哄你吗？再说我三外父的家里就一个骡子，没有两个骡子的，就是想偷一个小一号的，也没得可偷啊。吴元新坚持说原来定的价钱高了，现在是眼见为实，就这么个骡子，最多 450 元，也就是说，比原来定的整整少了 100 元。100 元是个什么概念，小舅子的自行车可以说就指望这 100 元呢。陈宝臣不高兴了，他说有言在先，你当时要说这个价，我就不干这个事了。我按我们说的干了，你这里又变卦了，你说事情怎么可以这样干？你早说我有个早安排呢嘛。但是事已至此，陈宝臣也做出了妥协，就是少上30 块钱，520，520 是一分也不能少了。人活在世上，主要是说话算数，说话不算数，你还如何与人交往？吴元新卡住 520 不松口。陈宝臣说，我是看出来了，你想着我已经弄出来了，生米做成熟饭了，我是没办法了，非卖不可，所以嘛你想在我这里捡个便宜。我给你说，那不成，不可能成，咋说的就要咋办，你看520 元要是不得成，咱两个就不要你耽误我我耽误你了，原本说的话拉倒，你的钱在你的口袋里放着，我的骡子我牵走，这简单着呢。吴元新说，都这时候了，你总睡觉呢吧。先睡觉，明儿早起再谈。

第二天早上，两人还是谈不拢，陈宝臣要牵走骡子。吴元新说，这时候你牵着骡子往外走你觉得合适吗？骡子先在我这里，我给你喂好饮好。价钱的事，不要说那么死，我再考虑考虑，你也考虑。

大天白日牵着偷来的骡子到处走确实不合适，暂时就这么办了，骡子搁下，陈宝臣离开了。陈宝臣留给吴元新考虑的时间是一天，晚上他再来。再不行，他就把骡子牵走。

但是还没有到晚上，连晌午也没到，田让的三爸就领着派出所的人到吴元新的门上了。

吴元新回答得很痛快、很简单，不知道这是偷来的骡子，骡子脸上又没有写着字，谁看得来呢？陈宝臣牵着骡子来他家投宿，说是晚了，借宿一夜，老乡朋友嘛，借宿一夜有什么不可以，别的什么也不知道。陈宝臣说，确实和吴元新没有啥关系，没有任何关系，投宿吴家，倒让人家背这个名那个名，就不好了。后来，这些事情都是单独审吴元新时，吴自己说出来的。

审问陈宝臣时，陈又把他说与田让的那些话重说了一遍，包括垃圾里银元的陈年旧事，一股脑儿都说了。他的意思很清楚，这不能算偷，是把属于自己的东西往回讨要，只是手段上有些问题罢了。陈宝臣让审问的人去问问他三外父，看自己说的是不是事实，可有一句虚言？若有一字不实，枪毙他，他也没有二话。他觉得为这个事情判自己的刑太说不过去了吧，退一万步说，就算是偷，好，我偷了，可是我并没有偷脱啊，骡子还是还回去了啊，还是到三外父的手里了啊。既然失主并没有损失，为什么判我的刑？我家里那些银元的事怎么讲，为什么不来给我主持公道？

后来，发现判刑是不可避免的，陈宝臣又供出了一个事情，简直让见惯不惊的警方也吃了一惊。在关键时刻，陈宝臣竟然供出了自己的妻子，说自己之所以出此下策，偷人家的骡子，主意都是老婆出的。眼看着春季到了，没牲口，老婆着急，就给他出了这么个主意。要是判刑两年，正好他一年，老婆一年，两个人正好一人一年。问他要是两口子都去劳改，娃娃咋办？陈宝臣说，那简单，娃娃有我爸家有他舅家呢，我爸家放一个，他舅家放一个，暂时放几天，大大妈妈也就在号子里出来了。没有见过这样的犯人。

后来，事情慢慢也就搞清楚了。原来是陈宝臣这个人，在村里来说，算是一个特别爱老婆的人，自己去劳改了，那么撇下老婆在家里咋办？这是他放心不下的，尤其让他不放心的是大队分销店的营业员冯蜀生。那就是个老驴，老骚胡，扒住那么个位置，就爱在一些妇人女子跟前胡骚情。妇人女子看见那人手上有东西，出手也大方，就也没皮没臊地爱往跟前凑。陈宝臣的老婆一次去分销店买东西，买了东西要给钱时，冯蜀生笑着说钱再不给了。买东西不收钱是啥意思？陈宝臣老婆把钱给了就出来了，冯蜀生还撵出来站在店门口看。老婆回来就给陈宝臣说了，陈宝臣差点被气死了，提着个擀面杖要去找冯蜀生。老婆把他拉住了，老婆的意思，一、他毕竟没把咱们怎么样；二、你去一闹腾，满世界都知道了，没事情也是有事情了，以后咋活人？说得有理，陈宝臣把擀面杖放过一边，但是苦口婆心给老婆说，再不要去那个黑店了，再不要在那个老驴手里买东西了，要买啥别处去买，要买啥他陈宝臣去买。现在倒好，一判刑，一走，老婆搁在家里，不买个盐总买个醋的，老婆口头上答应不去那店里买，背过你谁知道呢？哪天着急了来不及到别处买，不是就近就到那黑店里了吗，不是就落在姓冯的手里了吗？就是老婆讲妇道，让自己放心，那个姓冯的会动瞎心啊，会乘虚而入啊。所以陈宝臣咋想也不能放心，最后是想了个两全其美的办法，两口子一起去劳改吧。这样子判多久也是可以接受的。

2019-2-12

凌伯讲的故事

我的邻居凌振方老伯，生于1925年，山西人，在宁夏生活工作了大半生。老人参加过抗日战争、解放战争、抗美援朝，当然也不可避免地经历了新中国成立以来的种种运动。所以老人回望自己一生的时候，就显得极其感慨。一墙之隔，老人常常习惯到我这边来拉拉闲话。我差不多只有老人年龄的一半，经历更是少得可怜。对喜欢写作的我而言，有这样一位老邻居，自然是难得的幸事。时间长没写东西了，虚度光阴总是不好，闲着也是闲着，且把老人讲过的，与抗美援朝相关的几桩往事，转述在这里吧。

相 亲

1951年元月，在河北晋县一下火车，干部战士的帽徽胸章就换了，换成了志愿军的帽徽胸章，一下子从解放军变成了中国人民志愿军。

家在华北一带的志愿军就赶紧给家里写信。我二十六岁了，离家没回也有六年了。我也立刻写了信给家里，说是要去朝鲜保家卫国了。

那时候，大家的思想斗争都很激烈很复杂，抗战多少年，解放战争多少年，一直在打仗，把蒋介石打败了，以为从此就不打仗了，可以回家过日子了。多数人都是这么想的。

有很多家属来部队看自己的孩子，见一面，送一送。不少家庭都带着羞答答的姑娘，是来给战士们突击定亲结婚的。这一走，不知何年何月回来，不知是生是死，先结婚给家里留下一点香火吧。那一段时间，部队上的气氛是很特别的，从来没见过那么多的年轻姑娘让人领着，这里那里眼巴巴地找自己要找的人，就像匆忙出嫁的大姑娘慌里慌张地找上轿的地方。结婚也简单，就是两个人在一起聚上几天。如果可以说是集体婚礼，没有比这个更大的集体婚礼了。当然大家都很低调，都是各结各的婚，先来的先结，后来的后结，互相之间不贺喜，不攀比。对于这一种突击结婚，部队领导不提倡，不干涉，一句话，默认，家属来了就提供吃住，想住就住着，不走也不催。虽说结婚是喜事，但总是有些怪怪的。因为接到的信息总有个迟早，路总有个远近，事情总有个方便不方便，所以说虽然都说是结婚，但有的在一起时间长一些，有的只能短一些。有的两个人在一起就过一个晚上，第二天部队就出发了。这还算好的，还有的，战士已经坐在火车上要走了，家人领着姑娘还在路上。战士常金城，父母双亡，姐姐疼他，领了个姑娘来见他的面。面是见上了，常金城在火车上要走了，姐姐领着姑娘才赶到，就那么一个把一个望一眼，就算是见过了，把亲定了。在姐姐的努力下，姑娘红着脸把一双自己做的鞋垫从车窗里给了常金城。常金城一去没回来，他最重要的遗物就是那双鞋垫。

说说我吧，我也是入朝前突击结婚的。

家里收到我的信，就火急火燎地拿着我的照片去赵银花家，把我家的一头小牛给了赵家，然后由我叔叔、我婶婶领着赵银花，远路风尘到河北晋县找我来了。赵银花一见到我，就一直让我看她的后背，不转过来让我看。我婶婶给她使眼色，把眼睛都使烂了。赵银花倒不是看不上我。她后来说自己就是有些紧张，不知道自己和我到底算是个啥关系。

我命大命好，和赵银花在一起生活了有六十年，去年她才走的嘛。赵银花他们今天来，第二天部队就出发去朝鲜，所以我们在一起也就数得来那么点时间。我是连队的司务长，当时我这种人应该是最忙的。赵银花来那天，我也不能陪他们，只能让他们自己在部队上闲转转，我得去师部领物资。我一天跑了师部两趟。副连长李柏林、指导员张斌听说我结婚，从五里远的地方来看我，却没有等到我。赵银花和他们也没说一句话。在我领物资回来的路上，副连长李柏林、指导员张斌碰到了我，问我今天是啥日子？我说是啥日子，不是明天才出发吗？他们就都笑起来，说今天是你结婚大喜的日子你乱跑什么，真是个死脑筋。你找的老婆是不是个哑巴，问十句不说一句？我说我问人家也不说。李柏林严肃地说，这不行，你要哄着人家说话呢，一句话不说算是结的啥婚？我叔叔、婶婶把赵银花领到部队上来了以后，脸上有些挂不住。在老家的时候，他们都说我在部队上不是一般的战士，是当官的，又管钱又管粮，怎么能不是官呢？一路上，他们给赵银花也灌输这些话。赵银花后来给我说，一见面才发现没有几句是真的。按婶婶的说法，赵银花只要嫁给我，就可以说是一个官太太了。但是我和赵银花见面结婚，只给了她一双袜子作纪念，别的什么也没有。他们一行三人返回老家的时候，好在婶婶感冒了，咳嗽得厉害，这倒免得赵银花再说什么。赵银花说她穿着我给她的袜子，心里头倒是热乎乎的。

赵家人不错，赵银花回去后不久，就去我家住了，把我的父母当她的父母伺候着，在我是多大的福气啊。我在朝鲜给家里写信，总是要在信后面特别写几句给赵银花，这在我们那个地方还是少见的。在传统上大家更习惯的是，给长辈的信和给老婆的信不能写在一封信里面。我这样写，就是要让她知道我对她的感激，对她的情分，要让家里知道这个女人在我心里的位置和分量。有时候就是为了给赵银花写信，我才给家里写信，虽然写给她的字要数起来没几个。

1951年春，部队从河北晋县上了运煤的火车，保密起见，一周内吃喝拉撒都在火车上。到辽宁宽甸河口，我们下车，晚上就跨过了鸭绿江。白天隐蔽在山沟里，晚上才走大路。一天夜里下雨，我们后勤组和自己的连队失联了，就和几个病号在一个小沟里寻到两间草房，也没有什么照亮，进去一摸炕上有人，我们就随便睡在地上。一觉睡到天大亮，我们这才发现炕上躺着的是几个死人。

我们在朝鲜的日子就这么开始了。

2018-2-27　银川

一号招待所

1952年大年之交，朝鲜下了一场大雪，足足有三尺厚。我活了快九十岁，那样的大雪，说来也就那一次。世界上除了满眼的白，好像就没有其他的颜色了，打仗啊什么的，好像是很久以前的事情了。好像仗不用打了，这么大的雪，还怎么打仗啊？雪花很大，有杨树叶子那么大，也密，没有风，就那么直直地落下来，就像天上出了什么事情，住不下去了。雪主要是夜里下，天亮不久就住了，雪肯是下累了，也需要歇缓歇缓。差不多有一周时间，敌人不打一枪一炮，我们也不打一枪一炮，连飞机都不出来。战士们都议论说，敌人叫大雪压死了，飞机翅膀冻硬了飞不起来。

就在这样的情况下，一天早上，接到通知，让我去师部开会。这样的天气，可怎么出行？我带着一个通讯员就出发了。雪快到胸那里了，脚没有办法踩到地上。通讯员个头小，我走在前面，他跟在我后面，有时候被我落下一截，我还要等他。他就像雪地上出来一点的木头桩子，在这样的雪地上走，走多久也好像原地没动那样。说是走，其实也可以说是在爬，两手要像划水那样不停地在雪上划拉着，手比脚还要忙的。十里路，从早晨八点出发到中午十二点，我俩才走了一半不到。照这样走下去，天黑也未必能到，那就坏了，冻死在雪地里都没人知道。干着急没办法。通讯员说，凌指导员，我们还是原路回去吧，这么着不敢往前头走。回是不能回去的。雪多的时候，就觉着世界上都是雪，雨多的时候，就觉得世界上都是雨。雪上有数不清的针尖儿那样大的光，看着是白的，看着又是黄的，又好像还是红的，是红黑的，是黄白的，哗哗哗闪个不停，让人的眼睛刺痛，脑袋涨鼓鼓的。就是要撒尿，下面也不容易掏出来。刚刚走过的地方，雪也会随时塌下来填住。当然走过人的地方再走肯定是方便一些，不然通讯员那点小个头根本没办法在这样的雪里面走。他一边走一边吃雪，脸叫雪都糊住了，他的脸就像受伤被包扎了那样。长话短说，后来我们看到远远的雪地上出现了几个黑点，就像谁扔在雪地上的几件棉袄似的。原来是通信兵出来查线，这就好了，我们就朝着他们的方向过去，然后循着他们来时的路走向师部去了。真好运气，天刚刚擦黑的时候，我们到达了目的地。

随便吃了几口，师部管理股的陈股长就让勤务兵先带我们去休息，要求把我们带到一号招待所去。我一听，心里动了一下，一号招待所，可以好好睡一觉了。可是勤务兵说，一号招待所让大雪埋掉了，去哪里找呢？陈股长严肃地批评了他。我们就每人手拿一根钢钎，沿着山根边走边捅，找一号招待所。雪到处埋得很严实，连山好像也消失了，一捅才觉得旁边是个山，不捅那么一下，就觉得山看起来也平展展的。夜色下来了，雪地上罩了一抹夜影，好像和雪保持着一个距离。勤务兵走在前面，牢骚地说，走走走，我不找了，让陈股长自己来找。我说，还是我们好好找吧，你去找陈股长，陈股长又一顿批评你。不找一号招待所了，随便找个能遮头蔽身的地方就可以了。正说着，只听噗通一声，勤务兵滑入一个侧坑里去了。我为他担心着，却听到他在里头高兴地喊道，找到了找到了。原来那就是一号招待所，像一个菜窖。我把洞口的积雪清理一下，里面铺着柴草。勤务兵让我们好好休息。

我打量了一下一号招待所，连我的身子都站不直，也就睡两个人的样子，比乡村里看瓜人住的棚子可是差多了。这不是来比阔气搞享受的地方，休息要紧。通讯员里边，我外边，枕着军帽，裹紧大衣，我们就睡了。还没有睡实，外面又传来勤务兵的声音，让我们赶紧出来。这么大的雪，难道有什么情况吗？我们戴上帽子赶紧爬上来。外面除了勤务兵，还有一男一女两个人。一看那两个人就是友军。原来是要我们把一号招待所让出来，让给两个友军住。人在想睡而不得睡的时候，心情往往是不好的。我想我们都已经住下了，这是弄的什么呀。但我毕竟是指导员，很快我的想法就变过来了，我用朝鲜语问候着他们，说人民军军官好，人民军女同志好。两个友军，男的四十岁上下，显得很是干练英武；女的大概二十岁还不到，借着雪光的映照，真是好看，尤其眼神，在你的脸上随便地过一下，就可以给你留下终生难忘的印象。两位友军道过谢，就一前一后下到洞里去了。男的在前面，女的在后面，两手按着膝盖，一眨眼就不见了，只剩下一个被雪围裹着的大山在眼前，好像任凭怎么看，也无法一眼把它看尽。

后来，我们顺着山根又找到一个小洞，里面没有柴草，把洞口的雪清理掉，我们就睡了。通讯员很快就睡着了。我闭着眼睛感受这没有任何声响的夜，好像总是能嗅到一丝香喷喷的什么。什么时候睡着的，我也不知道，一觉醒来，外面又在三三两两飘着雪花了。睡着了不觉得冷，醒来才觉得很冷，我和通讯员就在洞前的雪地上使劲蹦跳了一会儿，身子才慢慢地暖和起来。

2018-2-28　银川

尤高寿

我讲的这个人虽然牺牲在朝鲜，但今天我讲的大部分关于他的事情都发生在我们自己的国家。这人叫尤高寿，其实活了二十多岁。高寿高寿，叫人空欢喜的一个名字。

尤高寿是淮海战役的时候，我们从“国军”那边解放过来的，个头不高，结实，圆脸，爱笑，话少。他没事爱擦枪，把枪擦得干干净净的。有时节，他爱歪着脑袋想什么。吃饭的时候也这样，吃着饭，碗就在手里，歪着脑袋想一想了，再吃，不像别人吃饭的时候就一心吃饭。有什么可想的啊，不想倒好。

后来处得熟了，尤高寿告诉我，他想他妈妈，想得厉害。他妈就他这么一个儿子，这在他们那里很少见。他给我悄悄说自己都三岁了还吃他妈的奶。因为他常这样说，我就觉得这是个事。其实我也有妈妈，我也想妈妈，但是比较起来，没有尤高寿想得这么厉害。我说你使劲想，就容易梦到。尤高寿说不是那么回事，梦里梦不到妈妈，倒是梦到乱七八糟的人。我说你家在哪里啊？到时候我陪你去看你妈。尤高寿好像不情愿告诉我他家在哪里。好像就在四川一带吧。这也是我从他的口音听出来的。

渡江胜利后，部队往四川方向去。我说是不是往你的家乡去？要近便时，你一定说一声，我们去看你妈妈。后来重庆解放了，又解放了合川，经麟水要往梁平县去了，我一路总问尤高寿，你的家到了吗，还远不远？我陪你去看看你的妈妈。我们每到一地，总有百姓两边站着看，有人明显就是看队伍里有没有自己的亲人。每当这样的时候，我就又往乡亲的脸上看，又往尤高寿的脸上看，都看不出什么来。我生气了，对尤高寿说，看来你说你想妈妈是假的，你家到底在哪里？远了算了，近了我们就去看一下嘛。尤高寿说，到了我给你说，确实还没到。他看出我是真心想帮他的，就也掏心窝子一样说，要是见一眼我妈妈，我就是死了也不后悔。我们这些战士虽然是出生入死，但最忌讳说死啊活的话。我心里说，这个人当几年兵了，这一点都不知道吗？

一天，我们到了一个叫平吉铺的小镇，天气太热，队伍就停在街两边的房影里休息，镇上的人趁机来慰问我们，给些鸡蛋啊水什么的。我找尤高寿吃饭，找不到他了。我不知道和尤高寿我俩谁的年龄大，但我个头高，就好像觉得我是个兄长了。这就使得我总要关心尤高寿。当然所谓关心，也不过就是喊他吃饭一类而已，有时候把他用过的碗我也顺手拿过去就洗了，把他掉下来的背包再给他紧一紧绑带，等等。我在街上找尤高寿去吃饭，找了半天没找到，都是兵，穿戴也一样，不是太好找。忽然，我看见一个人坐在街边一块房影很重的地方，头上戴一顶草帽，像庄稼地里惊吓鸟雀的稻草人。我怎么都觉得那就是尤高寿，上去弯下腰一看，果然是他。这是在弄什么？我一下扯掉了他的草帽，他把草帽又抢回去戴在头上了，草帽戴得很低，把半个脸都遮住了。他说脸上出来些疹子，怕晒，就跟我去吃饭了。吃饭的时候，草帽把他的脸遮得看不到。我当他出疹子怕晒，也就没有再说什么。不知道他头上的草帽是哪里来的，也许是路边店铺里买的。那时候，战士们身上几乎都没有什么钱。直到第三天，我们又走过好几个地方，尤高寿才给我说了实话，真是把我气坏了。原来那个平吉铺，就是尤高寿的老家。尤高寿也看到了自己的妈妈，妈妈就在他家的街门口站着呢。尤高寿要是喊一声，妈妈就能听到，就那么近。但是尤高寿忍着不喊出来。

尤高寿既然如此做，必然有他的道理。他那天要是说不出一个道理来，说不定我就要打他一顿，这太不能叫人理解了。但是听了尤高寿的话，我才理解他戴草帽的原因了。尤高寿说，其实我妈妈和我一样，也是又想我，又怕见我，盼我远走高飞，怕我没出息回来，回来肯定死路一条。

事情是这样的，尤家在平吉铺是个大姓，家族里有一个头面人物，叫尤在纲，是家族里说一不二、一言九鼎的人。尤高寿十七岁就结婚了，老婆算是童养媳，很好看，小两口关系也好。家族举行祭祀，尤在纲给大家一一发香的时候看到了尤高寿的女人，一眼就看上了。两个差了几十岁的人，竟慢慢搞到一起去了。尤高寿当面就撞见过两三回，一次又撞见了，实在气不过，就失手把尤在纲打死了。家族就以族规，判罚尤高寿给尤在纲偿命，照老规矩，不是沉河就是活埋。尤高寿这才逃出去当了兵。兵是贱的，但你到兵营里捉人，那也不是容易事。算是小的托靠到了一个大的。尤高寿的妈妈夜里送他逃跑的时候，说，你和你爸气质都弱，所以人敢欺负你们。想不到你能打死人，打死就打死了。你去保你的命吧，再不要回来了，从此就当我死了。

老妈妈这话说得多硬气。

我说你可以悄悄指给我把你妈看一下，咱们经常说嘛，我也应该看一下老人。还有个话我没敢跟尤高寿说，既然他们母子不方便见面，我是方便的啊，我可以偷偷上去给老人打个招呼，问候一下啊。我可以悄悄说一些话啊。但人在事中迷，这好办法我要是说了，尤高寿说不定后悔死，就不说了吧。

尤高寿说我的妈妈真是老多了。不过他还是很高兴，毕竟是见过妈妈了。妈妈要是在家里不出来，他也是见不上的。见一面是一面吧，就像一张大票子，换开了一点一点慢慢花。总之从平吉铺出来后，他的情绪好了许多，好像一个大心愿满足了那样。

尤高寿是1952年牺牲在朝鲜的。他在我们连队当炊事员，相对来说，其实是不容易牺牲的。但他牺牲了。那天已经到了午后，吃过饭了，云彩很多，阳光时不时就刺破一块云彩照下来，使人的眼前头一阵子亮起来，一阵子暗下去。我和尤高寿正好在一块大石头的两边，尤高寿洗了衣服，几乎是光着上身，等着晾在石头上的衣服晒干。我是在石头的这一边整理着一些零碎。难得这么平静和好的天气。好景不长，就听到天上轰隆隆的声音，敌机来了，四架，也许是天上云彩太多，也许是飞机的声音连作一片的原因，也许是飞机飞得太低的原因，给人一种遮天蔽日的感觉。飞机看起来是那么黑重又是那么尖亮，就像天上一时三刻成了个大战场一样，轰隆隆响着，炸弹下来了。跑是没法子跑了，跑着倒容易成为目标，就在石头跟前藏起来，恨不得像个蚂蚁虫儿什么的，钻到石头下面去。情急之中，我发现我这边的石头像房檐那样伸出来一些，下面凹进去一些，来不及多想我就藏到下面去了。炸弹像无数的巨石掉在厚厚的冰层上，地哆嗦着，大石头就像通了电那样吱吱响着。闭着眼睛也能看到黑浪和火光。听天由命吧，躲过了是我的福气，躲不过，死了也就死了。人活在世上不是这么死就是那么死，总是一死，倒也不是太害怕。凡事都是过后想起来才怕的，那会儿来不及想什么。我用尽全力挤着石头，好让自己藏得更深一些。尤高寿那边怎么样了？想不了那么多了。

不知过了多久，天上那好像要毁灭一切的声音没有了，空气里有刺鼻的味道。我看了看天上，太阳就像月亮一样，在一片薄厚不匀的云后面无声地移动着，惊魂未定的样子。我想到了尤高寿，他怎么样了呢？我赶到石头的那边，没看到尤高寿，只看到一个触目惊心的大坑，像是在滚烫中还没有凉下来。没见到尤高寿，他晾晒的衣服竟然还在大石头上，落了厚厚一层焦土。

尤高寿哪里去了？他倒好像是从大石头这边逃脱了，他藏在了哪里，随时都可以拍打着尘土笑着走出来。我当然清楚尤高寿哪里去了。当兵多年，见过各种各样的死，从来没见过一个人的死会像尤高寿这样找不到一点踪迹。这和看到一个人实实在在死在那里是完全不一样的。从那以后，只要是我一个人，总觉得尤高寿会突然出现在我身边，笑着或者愁苦的样子看我。

刚刚入朝的时候，上级命令三人一组，把各自的具体信息，包括家庭住址、联系人等，详细地记录在一片布上或者纸上，缝在自己的衣领里。一个牺牲了，另两个还知道信息，两个牺牲了，还有一个知道信息，可以负责和牺牲者的家人通信联系。我、尤高寿，还有一个河北省武强县大杨庄叫杨喜山的，我们三个是一组。炊事班从那天以后就没有再见过尤高寿。我从我的衣领里翻出尤高寿留下的联系方式，给他妈妈写过一封信，把他的遗物一并寄了回去，没有回音，也不知他妈妈收到了没有。

2018-2-27～28　银川

芦浦洞

1952 年，部队搞“三反”，反贪污、反浪费、反官僚主义，我也参与了。有一个姓尚的，叫尚和平，也是我们山西人，留给我的印象很深。这人也是从“国军”那边解放过来的，是个大夫，卫生队队长。他给我的印象，总归一句话，就像是一支英雄牌钢笔，又文气又强硬，表面文气，内里强硬。当时周围像他那样文气的人没有几个。他戴着眼镜，着装很合身，就像我们的军装是统一发放，他的军装却是专门为他订制的一样。性格温和，话少，像高手打靶不浪费子弹，一句是一句。和他谈一次话，会留下很深的印象，就像因此开了眼界多了见识一样，会感慨人里面还有这样的人。本来是一场审讯，慢慢就会变成一种谈话和交流，就像他原来是我们的上级，现在却坐在低于我们的板凳上，接受我们的问询了。组织委员刘喜江，脾气暴躁，是爱拍桌子的人，但是面对尚和平时，好像是换了一种性格，问询完毕，还会伸出手去与尚和平握一握。总觉得尚有些大人物的样子，其实不过是一个副营级卫生队队长而已。

两天下来，整理尚和平的结论书，关于他的贪污方面，有这样几点：

一、在张家口时，把民工丢弃的一头支差用的毛驴卖了，卖得二十块白洋；

二、也是在张家口时，缴获过一件狐皮大衣，没有归公，私自卖了三十五块白洋；

三、四八年把部队发给自己的马卖了，买了八石麦子给家里了；

四、五〇年到独三军改造起义部队时，重领了两个月的津贴。

浪费方面，我还能记得的有两条，一是上面规定不允许用汽油点灯，尚和平用汽油点灯了；还有一个就是对药物的浪费，把药物发下去，但是没有相应的说明。一年发生疟疾一百三十多天，防蚊油用得不好，浪费不少。阿泰伯林也用得不好，浪费了五千多片。

我当时听到五千多片阿泰伯林浪费了，心疼得厉害。战场上有时候药比金子贵，五千多片药能救多少人。仅这一条，尚和平就罪孽深重。但尚和平不像个自感有罪的人，说到这些浪费的时候，他的声音神情都没有什么明显变化，就好像刚刚做完了一个小手术，脱下手套去洗手一样。我就觉得文化人的心真是深不可测。

问及贪污浪费的原因，尚和平只有一句话，说是从旧队伍里带来的恶习，要改。

这样的话说出来，就无法再让尚和平说什么了。他说得多么得体而具有说服力。

还有一个事情，不是尚和平自己交代的，而是有人检举出来，尚和平自己又承认了的。

在谷山芦浦洞的时候，尚和平和当地一个粗脖子的朝鲜女人搞到了一起。尚和平很迷恋那个女人，竟耗神费力地从国内专门为那女人捎买东西。据综合检举信息和个人交代，尚和平先后送给那个朝鲜女人如下物件，计有：扑粉一盒、太平洋毛巾一条、香皂一块、香皂盒一个等等，还有一样东西检举者不知道，是尚和平自己说出来的。尚说他曾在药房借了一丈七尺白洋布，用这个换了一个降落伞，剪为两幅子送给那女人做裙子穿。尚和平说，粗脖子女人的妈妈有病，请他去看，给朝鲜人民看病也是应有之义，就去看了，就有了这样的事。前后有十来次，反正感觉是离不开她了。只有说这个事的时候，尚和平才流露出不好意思的有罪的样子，不看我们这边了，而是偏头看向一边，或者是低下头，看自己的一双文化人才有的手。这样的时候，我觉得他有一种真面目被揭露了那样的尴尬和不安。好，我们的腰板就可以挺直一些了。刘喜江委员说，尚大夫，你这个问题是严重的，是比你前面的问题都要严重得多的问题。要是我们志愿军在朝鲜都像你这样，我们还怎么打仗？我们这样子会造成什么影响你考虑过没有？

过后，我们又去找了那个粗脖子的朝鲜女人。在一片小树林的边儿上，有两间看起来有些年月的茅草房，也没有围墙。粗脖子女人和她的妈妈就生活在这里。房前的晾绳上晒着被子，发面一样暄腾腾、软乎乎的。旁边还搭着几样刚刚洗过的什么，正在往地上滴水，滴出一个一个乌亮亮的小水坑儿。生活多么好啊。我们说了我们的来意。粗脖子女人的妈妈和我们说话，那个女人站在妈妈旁边，不看我们，一直是看着旁边，而旁边又确实没有个什么可看的，明显就是躲着不看我们。我打量了一下那女人，至多二十四五的样子，脖子倒不是太粗，当然也不细，为什么要叫她粗脖子女人呢？我记着降落伞做裙子的事。她果然穿着裙子，是不是用降落伞做的就不知道了。她略显胖，乌黑发亮的头发使她显得很健康。我暗地里把尚和平和她比较了一下，觉得他们并不般配。站在一起，谁也不会看出他们是一对恋人或有男女私情，就像把孔雀和母鸡放在一起会显得不大合适一样。当然这比喻也不太恰当。我们向朝鲜母女俩表达了歉意，说我们没有管教好我们的人，给她们带来了麻烦，带来了不便，甚至带来了伤害，请原谅，请相信，事情会到此为止。至于尚和平，我们会依照军规处理他的。我们这样说，既有表达歉意的意思，同时也告知对方，我们这边收手了，你们也收手吧。这种事总是两方面的事，一个巴掌拍不响。朝鲜妈妈有些慌乱和不好意思，好像不知道怎么和我们交流，只是惶恐着。我们说啥她都是点头。她脸上那种莫可名状、令人沉重的笑，让我们觉得不能再和她多说下去了，好像再说下去，她会最终支持不住，哇的一声哭出来。妈妈的年龄并不大，也就五十岁左右，但不知为什么，却给人很苍老的感觉。直到我们走到小树林遮着我们的视线了，那女人也没有看我们一眼。从树林里看过去，她的妈妈不见了，她背过身去轻轻拍打晒着的被子。所以虽说是见过了那女人一面，但她长得什么样子，我也是说不上来的。

后来过了很久，大概一个月过去了，听说那女人来部队上找尚和平。尚和平当然不能再让她找到了。她在一个黑乌乌的墙根下站了很久才回去。我有些失落。她来部队我也没能看到她。我很想看看她长得什么样子。她回去后就没有再来，时间不长，至多一礼拜，我们也转战到别的地方去了。

尚和平后来也牺牲在了朝鲜，怎么牺牲的不清楚。一个极偶然的机会，我看到了一份荣立三等功牺牲者名录，有尚和平这个名字，籍贯山西，职别医生，属炮31师400团，应该是他无疑。那时候距离当年抗美援朝，已经几十年过去了。

2018-3-1　银川

于荣生

于荣生是担架队队员，在周围算是年龄偏大的，差不多四十岁了，结实得像石头。我一次病了，病得较重，走不动，他和一个叫但四冷的蒙古族小伙抬着我走了两天。他抬上担架，就像小跑的样子，腿像弹簧那样有弹性，颠着小步儿跑，就像跑在浮土上一样不出声音。担架吱吱扭扭吱吱扭扭有节奏地响，躺在上面不觉得颠，很舒服，很容易就睡着了。休息的时候，于荣生总是坐在一边揉搓腿。他那样抬了担架小跑，一般人是不会的，更是受不了的。担架离地不高，他总得屈着一些身子。总之行行出状元，见过于荣生抬担架，就觉得抬担架也是一门学问。当然这样说的时候，也包括但四冷了。但四冷是个没话的人，最多偶尔咳嗽几声，让你想到，噢，还有这么个人呢。于荣生相对健谈。两天的时间，他说了许多话，他家里的情况我基本都了解了，两个儿子、一个女儿，大儿子也在这朝鲜战场上。关于抬担架，他说了两个事情我不容易忘。

他说一次担架队到一个屯上休息，大家都累极了，一进屋子就倒下睡着了。他也累，但是还不能像年轻人一样休息，得收拾担架，布置岗哨啊，等等。屯前有一条江，水面平静，太阳一照像是罩着半透明的薄雾。他拿了一个瓦罐去江边取水，就看见江那边有几个伤员一样的人，试探着要从江里过来。他担心了，如果伤员走到江中心，敌机来了，可怎么是好，最好是能把伤员背过来至少是帮扶他们一把。这样一想，他就回去喊人，大家都睡得沉，喊不起来。副班长牛志杰坐在门前搓麻绳，他把牛志杰叫上，两个人过江去了。江面虽然开阔，江水倒不深，最深处也不过到胸那里。但是到对面一看，哪里是几个伤员，再往那边些，一片洼草地上，有着百十来号伤员。他们两个人显然是不够的，忙过江来喊人，这一喊就喊起来了。要赶在敌机到来以前让伤员们安全过江，大家一起行动，扶啊背啊抬啊，一会儿工夫，江那边的伤员就到江这边了，到安全地方了。

于荣生是最后一个过江的，背着一个小伤员。小伤员的别处倒好着，就是脚受伤了，走不成，只能背着。刚刚通过人的江里浮漂着些许杂物。在江里和在岸上看，江水是不一样的，在江里会觉得江水暗流涌动，对人有冲击力。太阳晒得江水发热。在江里来回过多了，亮亮的江水让人的眼睛不适，头昏沉沉的。于荣生知道不能常看着近处的江水，要往远处看，往高处看。往高处一看，就看见敌机过来了，像空荡荡的天上忽然凭空生出了一架飞机似的，很快就带着一种凶险的样子飞过来，飞到头顶了。那时候背着小伤员的于荣生刚刚过了江心不远。飞机像拉磨那样在头顶盘旋了两圈，像在寻找一个合适的角度，然后炸弹就下来了。伴随着不可形容的巨响声，丈把高的巨浪被掀起来，让人像站在瀑布下面。于荣生尽量藏在水里，缩小目标。他知道这不过是哄娃娃的把戏，但当时也只能这样子了，想不出别的好办法，没有办法可想。就像踢点球的时候，守门员想着是往左扑好呢还是往右扑好呢？这样的想法于荣生有过，他想站住不动好呢还是动来动去好？他一会儿觉得还是不动为好，不可能瞄得那么准，一会儿又觉得还是动来动去的好，这样增加敌人瞄准的难度。他乱七八糟地想着，听着耳边一个跟一个的炸弹声，好像在火海里一样。江水一次次兜头浇下来，让人的眼睛睁不开，让人呼吸困难。这样过了不知多久，忽然敌机像得到了什么命令飞走了。

这时候，江边已经站满了人，乱纷纷喊着什么。于荣生不敢犹豫，不敢迟延，逃命的机会来了，这一点总是清楚的，就背着小伤员，在江水里抬担架那样小跑着，跑上岸来了。于荣生说，过后连着几天，都好像一直在江水里，耳边都是炸弹声。死里逃生吧，于荣生说。于荣生说有时候一颗子弹就把人的命要了，有时候一架飞机专门对付你，拿那么多炸弹对付你，你还可以死里逃生。死里逃生是事实，为什么死里能逃生，说不清楚。不要说炸弹落在身上，就是落在身边，水也把你烫坏了，震也把你震死了。于荣生说战场上如果有机会，那都是大机会，如果说幸运，那都是了不得的幸运。

还有一个事，于荣生说，一次我的担架上躺了一位女伤员。那女伤员十八岁，个头中等，圆嘟嘟的脸，眉毛浓黑，头发是两个小辫儿。她是怎么受的伤呢？她跟着搜索队到一个山梁上，给一个被遗弃的敌兵包扎伤口，不小心踩着了地雷，把一条腿炸伤了。腿上绑着夹板，缠着绷带，黑紫的血渗出来。于荣生看了很不好受，让男兵受伤，不要让女娃娃受伤啊。于荣生说当了一场担架兵，抬女兵，还是第一次，心里的感觉是不一样的。一个老担架兵，忽然间像不会走路了，像没有自信了，总怕颠着姑娘。他一遍遍给姑娘说，你要觉得不舒服你就说，千万不要忍着不说。姑娘说着致歉和感谢的话。刚开始于荣生还不知道说什么，慢慢地话就多起来，照旧是把自己的一系列情况都说出来，自我交代一样。姑娘的名字他也问到了，老家在哪里也知道里，包括家里啥人，都算是知道了。

姑娘姓黄，叫黄生梅，四川人，上面两个哥哥，下面一个妹妹。一个哥哥也在朝鲜战场上，兄妹俩不容易见到。于荣生说，你看我叫于荣生，你叫黄生梅，名字里头都有一个生字。到宿营地，和对待任何一个伤员一样，于荣上了热水，洗了毛巾，要给黄生梅擦身子。这才觉得为难。问问姑娘吧，姑娘偏过头也不说什么。不行，伤员成天躺在担架上不动，是应该擦洗一下的，不然一身汗臭不舒服不说，还很容易生褥疮。于荣生就把利害关系对黄生梅说了，说就像你是看护，要给伤员包扎一样，都是我们的工作嘛。再说我女儿也小不了你多少，你就看我是你的个长辈吧。不擦洗一下，你想想这可以吗？黄生梅后来听了于荣生的话，让于荣生用热毛巾给她擦洗了。然后，于荣生又像对待其他任何一个伤员一样，把黄生梅里里外外的衣服在开水里烫煮了，又在太阳下晒干爽。第二天，黄生梅穿着烫洗过的衣服，精神状态好了许多，还躺在担架上，主动为抬她的两个人唱了一首她家乡的歌子：

黄杨扁担嘛软溜溜呀
姐哥呀哈里耶
挑挑白米下
柳州呀姐呀姐呀
下柳州呀
哥呀哈里耶

人说柳州的
姑娘好呀姐哥呀哈里耶
柳州的姑娘会梳头呀
姐呀姐呀会梳头呀
哥呀哈里耶

大姐梳一个盘龙髻呀
姐哥呀哈里呀
二姐梳一个插花柳呀
姐呀姐呀
插花柳呀嘛
哥呀哈里耶

太好听了呀，一个字都不想漏掉。四冷虽然不说什么，但是好像他悄悄地把这个调子记下了。歇缓的时候，他哼哼叽叽的，一听就知道他哼的是什么。

第三天晚上，把黄生梅抬到兵站要转到后方去了，临上汽车时，黄生梅忽然好像预备了很久，终于脱口而出那样，对于荣生招手的同时，喊了一声爸爸再见。于荣生保证自己没有听错，来不及想什么说什么，泪水就热辣辣地流了一脸，泪眼模糊里，看着载着黄生梅和其他人的汽车驶远了，驶入了前方那无穷无尽的茫茫夜色。

于荣生说，算来和这个姑娘前后处了三天时间，走了一百八十多里路。那是 1952 年 5 月的事情，路上有时能看到野花自顾热闹地开着。

这两件事情虽然发生在于荣生身上，但他给我讲了以后，我也和他一样不能忘记。于荣生在朝鲜抬过我两天，在我困难时帮过我，回国后我们还联系过一段时间。他后来是在河北的哪个公社当民兵营长，先是联系过几年，慢慢也就没有联系了，不知现在还在世没有。反正像我们这一茬人，能活到我这个年龄，也不容易。

2018-3-2　银川

回　国

我还当过侦察兵，捉过“舌头”，就是俘虏。把俘虏叫“舌头”，是因为他们的“舌头”对我们来说是重要的，从他们嘴里要掏出我们需要的东西。

1952 年春，上级命令我们抓个“舌头”来了解情况。我和连长就带着一个班，来到敌我交界地带埋伏下来。当时，雪还没有化尽，我们用面袋子做成白衣白裤，套在身上，这样在雪地上便于隐蔽。夜里，很大的风刮着，刮得人站立不稳，我们就在山的背风面蹲着避风，派四川籍战士元白成在山上站岗放哨。后半夜的时候，风小下去了，元白成看见不远处黑乎乎的石墙根下有两个白点子一动一动的，他没有惊动我们，一个人悄悄摸过去。原来是个戴眼镜的美国兵。元白成就扑上去了，和他扭打在一起。美国兵身高力大，几个来回后，把元白成压在了下面，掏出匕首来要刺。元白成死死抓着美国兵拿匕首的手，我们也及时赶到了，枪托一顿乱打，打得美国兵软在了一边。这时候，敌人也听到动静，打枪了，我们就抬着美国兵忙忙返回去了。但是把美国兵打得重了，他只是说自己是个新兵，来朝鲜还不到三个月，说了这么点就死掉了。他的下巴刚刚长出年轻人才有的那种胡子。上级对我们的这次抓“舌头”不满意，提出了批评，说是抓“舌头”，等于是抓了个没有“舌头”的来，这当然不行。

又过了两个多月，到了四月份，天气好多了，风也不再那么刮了。我们发现在敌人阵地附近的山下面，有大片的包谷地，包谷是去年的。战争原因，老百姓都跑了，没有来得及收获，包谷都还在上面，一个一个看起来很清楚。一些胆大的朝鲜农民，实际也是饿得没办法，有时就三三两两地到地里去掰包谷。他们掰包谷的时候，山上的敌人就会下来查问。这是一个抓“舌头”的好机会。排长王再斌带着几个人，扮作朝鲜农民去掰包谷。我带着几个人在山上瞄着敌人的方向，作掩护。王再斌他们几个快到包谷地里时，果然山上下来四个人，两美两伪，一边走，一边拉得枪栓响，呜哩哇啦地喊着。王再斌他们里面，还有一个扮作小姑娘的，装作害怕的样子，女娃娃那样扭扭捏捏地跑。这一跑，好像大家都害怕了，就都跑，四个敌兵就在后面喊着追着。跑在前面的一美一伪快追到跟前时，王再斌忽然转身，从粮袋子里亮出枪来，对准了他们的脑袋，很快就把他们缴械了。后面的一美一伪看见这情况，转身就跑，边跑边朝后面乱打枪。我们这边的冲锋枪里出来一梭子子弹，两个人就倒在前面不远处了。有时候，战场上死个人就像把个麦捆子随手推倒了那样，不像是要了一个人的命，就觉得一个人的命，真是很容易就没有了，像挂在墙上的一件衣裳掉下来了一样。战场上死人的概念和平时死人的概念，完全是不一样的，战场上死人，死的好像就是个数字。我们押着那一美一伪往回走，他们却不动，很着急地使劲往屁股后面看，好像屁股那里趴了一条蛇什么的。到搞明白时，我们也出了一身冷汗。原来他们的屁股那里还有枪，小手枪，还没有被我们缴获，就赶紧搜出来收缴了。这是个重要的经验，要是敌人自己不说出来，我们自己再麻痹大意，不是就出大事了吗？这两个“舌头”是好“舌头”。带回去以后做白米饭给他们吃。美国兵不会使筷子，就那么把脸埋在碗里吃，筷子被他闲在一边，脸上鼻尖上都是白米饭。他的样子让大家都笑起来，他也笑起来，竖起来粗壮的大拇指夸米饭好吃。

1953 年 2 月，我在朝鲜东海岸元山岗执行任务，忽然接到通知，回国学习文化。看着战友们送别时的眼神，我真是百感交集，好像无意中把每一个人的便宜都占了，眼前的每一个人我都欠了他的什么。好运气有时候也是一个大负担。但是只要离开战友，看不到那些眼神，我回国的心愿就强烈了。在朝鲜两年多，没睡过一次囫囵觉，没洗过一次澡，除了爬山头就是钻山沟，看到一条路也不敢走，除了满眼睛穿黄军装的弟兄，几乎没见过穿别的服装的人……就要和这一切告别了，就要回去了，就要和爸爸妈妈见面了。但我提醒自己，不要轻狂，不要高兴得太早，毕竟还在朝鲜，还没有回去，囫囵回去了才算数。

离开火线，坐拉粮的火车回国，白天不敢动，隐蔽着，夜里走。火车灯在夜里时明时灭，时灭时明。一直明着不行，一直灭着当然也不行。战争期间，无论开什么车的司机都不是一般的司机，都有自己的绝活。一天夜里，开到一个小站，车停下来休息，感觉车就像火里面的烙铁一样，快要热爆了。小站的旁边层层叠叠码着一袋袋黄豆，夜里看起来就像个小山似的。果不其然，没有那么顺利，敌人的飞机来了，虽然看不大清，声音却是能听到的，好像在天上拖着一个巨大的磨盘那样轰隆隆地过来，很快就响彻在头顶上，震得人头皮发麻。照明弹投下的一瞬，炸弹紧跟着也下来了，在巨大的响声和冲天的火光中，黄豆像冰雹那样铺天盖地砸下来。好在我们早有防备，虽然动静不小，也不过虚惊一场而已。

天明时分，火车终于开到了鸭绿江大桥，我的心都要跳出来了，火车也像看到了老营盘的战马那样，起劲地大叫着。就在火车撒欢一样的大叫声里，我把头轻轻地靠向后面，眼睛缓缓闭上，心跳得有些收拾不住了，眼泪就像水龙头开到了最大那样无法扼制，一个脸都在泪水里泡着了。人的眼泪竟会那么多，我想那一阵子我可能把前半辈子的眼泪都流光了。后来也经过很多事，生生死死的很多事，但是再没有那么流过眼泪。我还觉得车慢，想大喊，赶紧飞过去啊。那一刻从枪里射出来的子弹是什么样子，我就是什么样子。就怕这最后的一刻再遭遇什么不测，这样的事情实际上是很多的啊。过了江就是辽宁揖安市，不停。不敢停。再过一个站，不停，哗地过去，再过一个站，哗一声又过去。一直到吉林通化市，火车才终于把自己跑疲了一样歇缓下来，突突放出许多混浊的热气来。我都想给这辛苦跑了一路的火车鞠一躬。看到街上人来人往，街两边随风悠闲地摆动着枝叶的树木，孩子们排着队从校门里出来，我觉得就像看到了天堂里的生活。看着每个人都那么亲，我忍不住想把他的手拉一拉，把他紧紧地抱上一抱，和他说一点什么。脸上硬硬的，眼泪干在我的脸上了。我在街边贪婪地看着，使劲地呼吸着。看到我当时那样子的人，一定都会觉得这个人够奇怪的。天天听惯了枪炮声，耳朵忽然间好像聋掉了。街上的说话声闷闷的，和我之间像隔着什么，被什么挡在了门外，好像我不受欢迎被拒绝着那样。

1953 年 3 月 24 日，火车开到了河北省高邑县，我背着不足三公斤重的行李，找到十二军干部速成中学，在这里当起了一个学生。其实按我的实际水平，还远不够格当一个中学生，算算年龄，那时候我已经二十八岁了。

2018-3-2　银川

九 案

喜　姐

这是《宁夏审判志》里记载的一例案子，我在这里给大家转述一下吧，希望我能尽量转述得简明直接一些。

事情发生在光绪十年，发生地宁夏中卫县。

说是有名李戎者，年四十岁，本分勤兢，承继祖业，以卖糖瓜度日。妻李田氏，三十八岁，虽系女流，却是一家之主。夫妇二人生有一女，名喜姐，嫁与本县东门刘田氏之子刘双生为妻。小两口关系还好，只是婆婆刘田氏嫌喜姐茶饭一般，针线也不怎么样。比如买了布来，原本打算做枕头的，但是喜姐剪剪裁裁，最后只能做一双鞋或者耳套子了。那个时代的婆婆是很容易对儿媳妇不满意的，也都有一些当婆婆的法子，弄得喜姐活不好不好活。期间喜姐想不开寻死过一回，就是跳到水窖里去。好在窖里水不多了，又发现及时，救了上来。此后还分过一次家，不久又合在一处。虽然小两口关系还算可以，但是一有矛盾，刘双生总是会站在母亲刘田氏一边。刘田氏说，你把你婊子妈惯着，你把你婊子妈惯得上头呢。这样的时候，刘双生就会把喜姐实实在在打一顿给母亲看。

喜姐的母亲李田氏疼女儿，要把女儿领回娘家去。刘田氏说，领回去可以，就不要再叫回来了。今儿你们领走，明儿我们娶一个新媳妇。李田氏就只好自己一个人回去。李田氏回去以后越想越生气，好像碰到了没办法的事情，没有出头之日，没有活路似的。李田氏悄悄问过女儿喜姐，离婚可以吗？喜姐明确说她不想离。问你自己能闹腾吗？多厉害的婆婆也怕会闹腾的媳妇，媳妇也有媳妇闹腾的办法。人老五辈多少年了，婆婆有婆婆的经验，媳妇也有媳妇的经验，闹腾几回，事情肯定就不一样了。喜姐死都死过了，还让她咋闹腾呢？李田氏觉得女儿没有跟自己一条心，对女儿心疼的同时，也是失望的。李田氏的眼睛那么一望，就觉得自己看得清清楚楚，女儿一家的事情，不在别人身上，就在喜姐的婆婆刘田氏身上。她想给喜姐的婆婆点牙爪看看。但是刘田氏一方人多势众，女婿娃关键时节又站在人家母亲一边，这都指望不上的，弄不好便宜占不上，倒反叫别人占了便宜也未可知。总之，李田氏是想把刘田氏好好收拾一顿。收拾的目的，归根结底也是为了亲家一家把日子过好，而不要过成现在这个样子。

有了这个盘算，李田氏就留心机会。功夫不负有心人，让她逮着一个好机会了，听说有庙会，刘田氏要去烧香，这就是个机会了。

李田氏担心自己势单力薄，又邀约了自己的表妹杨田氏、自己的母亲扈田氏，一行三人，于光绪十一年四月二十八日，赶往庙会，与刚刚烧完香出来的刘田氏碰个正着。李田氏出面拦住刘田氏，待扈田氏、杨田氏烧完香忙忙出来，三个人就一圈儿把刘田氏围住。先是由李田氏数落刘田氏的种种不是，真是越说越气，数年来的积怨恨不得这一刻都释放出来。偏那刘田氏还不识相，不但不妥协自保，反而恶语相向。真是想不到，居然是刘田氏首先动起手来，在李田氏骂个不停时，出其不意，忽然在她的嘴上抓了一下，打斗就此开始并且很快就升级了。也许是李田氏心里积了太多怨气的缘故，她揪住刘田氏的发髻，只一推一拉，刘田氏就扑通一声倒在地上。一旦打起来就不好收手了。据官方权威调查记录，刘田氏在李田氏、扈田氏、杨田氏的围剿下，除了拿双手护紧自己的脸，几乎没有什么还手之力。白纸黑字记录的是：李田氏抓不到刘田氏的脸，但是抓伤了刘田氏的两个耳朵和后背；杨田氏分别咬伤了刘田氏的两只胳膊。在两个还算年轻的女人基本控制了刘田氏后，年过七旬的扈田氏拿出预谋好了的锥子，刺伤了刘田氏的大腿，尤其在屁股上刺了好几下。李田氏边打边问刘田氏还恶不恶，以后改不改？刘田氏回话粗野，态度更为蛮横。可以说，一顿好打似乎并没有收到预期效果。正打时，庙里的道姑出来了，软语解劝着她们。道姑来劝，众人又围观，不太好意思再打了，就放了刘田氏。刘田氏躺在地上一时不起来，高声说，要去告官，让李田氏等着好果子吃。

一场风波，暂时告结。

李田氏回到家里，觉得意兴阑珊，意犹未了。丈夫李戎饭吃到一半，推开饭碗，吃不下去了。李戎向老婆表示了自己的忧虑。

一、亲家受伤，肯定不会善罢甘休，如若真的告官，官司难打屎难吃，到时候怎么办？

二、人家本来就对咱们的女子不好，这一来，不是更对咱们的女子不好了吗？人家照样欺负咱们的娃娃，试问咱们有什么办法？

李田氏说，老实说，你这个娃的大大要是攒劲，也不会轮到我们妇人娃娃出手了。

第二天吃夜饭的时候到了，灯都点上了，不见李戎回来，这是从来没有过的事。去街上他卖糖瓜的地方看，没人。后来是在水渠里找到李戎的，已经半袋子黑面那样软塌塌的，没救了。

李田氏就去衙门里报案了。

此案先经中卫县知县艾椿年初审，旋转宁夏知府穆常阿审核，又与兰州府知府陈士桢、候补知府赵宜萱会审，结论为：“死者李戎系投水自尽，并无任何迫逼情状。”

令各级判官为难的是，“遍查清律，无有妻妾殴人，其夫畏惧连累自尽，应作何治罪之条文”。最后只能“自应比照酌量判处”——意即只好参照相关条款，估摸着形成一个判决就是了吧。

比照判决的结果如下：

一、李田氏（李戎之妻）拟绞监候例减一等，杖一百，流三千里；

二、杨田氏（李戎妻表妹）依手足殴人成伤律，笞三十；

三、扈田氏（李戎岳母）依刃伤人者，以杖八十徒二年律，杖八十、徒二年。

念扈田氏年过七十，照清律追取赎银以代，赎银上缴国库。

看完这个案子，一个原本最容易被忽略的名字却被我深深地记住了，就是李戎。想不到一个连起码的配角都不能胜任的人，忽然一下却成了整个事件的主角。

2018-1-13　银川

何张氏

盐池县大水坑村何张氏孀居才一个多月，就有邻村的李风禄、马拐拐先后来提亲。何张氏以暂不考虑为由都回绝了。

1940 年腊月二十三日，何张氏和同村妇女某某去乡上跟集，正碰上李风禄在集市上卖羊，李风禄请何张氏和妇女某某去小摊上吃饺子。何张氏拒绝。李风禄就给了某某 11 块大洋，让某某自己留一块，10 块请转给何张氏。然后李风禄趁何张氏和某某争议的时候，忽然出手，把何张氏的一个手镯掳走了，一边忙着走开一边扬着手镯说，这就是信物，这就是信物。

某某与何张氏，照现在的说法就是闺蜜，闺蜜的话一般是容易听入耳里的。在闺蜜的一再劝说下，何张氏收下了那10个大洋，同时让闺蜜通知李风禄：

一、把手镯先还回来。还回来就有诚意，不还回来说明诚意不够。

二、婚姻的事，不要逼得太紧，给她点时间想想，才当寡妇这么点时间，就另谋出路，听起来也不好听，看起来更不好看。

说话间，就到了民国三十一年阴历一月十二日夜，快要圆满了的月亮在团团的云层里出没，狗像是察觉到了地震的信息那样纷乱地叫着，某某的男人出远门了，某某就带着还在吃奶的孩子来给何张氏做伴。都已经在睡梦中了，忽然何张氏的门被猛地推开，一伙人进来，连灯都不点，就急急捂住嘴把何张氏掳去了。某某娘儿俩几乎没怎么惊动，被剩在了一边。原来是李风禄趁人不备，带着五个人把何张氏抢去了。

应该说，民国时候，宁夏的某些地方有抢亲的习惯，只要能抢到手里，然后再从容给主家赔礼说情，一般不会有什么大问题的。小时候就听母亲讲，我的大外奶奶就是被关桥堡人抢亲抢走的。大外爷被马鸿逵抓去当兵折了，留下大外奶奶在家里，也是一天夜里，被数十里之外的关桥堡人抢走了，狗咬鸡叫，动静很大。但是同一个院里住着的大外爷的父母等人，没有一个人被惊动，没有一个人出来看看。什么原因呢？有一种说法是，抢亲的人，事先和大外奶奶的公公婆婆都商量通了，把钱都给了，只有大外奶奶一个人蒙在鼓里。大外奶奶被关桥堡人抢去后，一发而不可收，陆续为他们生了四个儿子、三个女儿。一个女人能生这么多，也算是劳苦功高，到哪里也有自己的一席之地的。

何家这边很快就知道是谁把他们的人抢去了。何家人普遍比较弱势，不然也不会被不打招呼就抢了。何家主事的人倒不是何张氏的公公婆婆等，这些人一辈子在人前头没说过一句话，什么主都做不了的。何家主事的人是何张氏的一个堂小叔子，叫何定平。太阳刚出来，何定平就往乡上走着，要去告发李风禄了。半路上，何定平却被李风禄一伙人劝回。李风禄一伙围拥着何定平回去，就像何定平是个皇上，他们拥他回去要他登基那样。到何家又叫来几个何家人商量着处理这个事。应该说两边都算是干脆人，拉屎不必喘气，很快就商议妥了。人嘛已经抢去了，事情嘛已经成了，再多说也没必要，说就说实质性的。李风禄一次性拿出大洋二百四十块，何定平作为主婚人一百六十块，何瑞汀（何张氏的公公）作为户族人四十块，何张氏娘家人二十块，为何张氏还债二十块，算下来恰好就二百四十块。两下晤谈愉快，皆大欢喜。李风禄快人快马，很快就把二百四十块大洋如数交给了何定平。这事情就算是风波暂息。

民国三十一年二月九日，何张氏的父亲病故，何张氏回家奔丧，碰到前来送葬的马拐拐、马环子兄弟俩。马拐拐对何张氏旧情不改，偷偷给了何张氏一个金戒指。何张氏就私下给马拐拐的弟弟马环子说，李风禄、马拐拐两个人比较，实际上我看上的是马拐拐。马环子又把这话说给了马拐拐。马环子对马拐拐说，哥，人都说我们兄弟是野粮食吃下的，我们这是吃了个啥野粮食呢，连个妇人都弄不到手里来？说话间就到了阴历二月十二，距李风禄抢走何张氏刚满一月。就在这天夜里，马拐拐、马环子等带着八个人，去李风禄家抢何张氏。那天夜里飘着雪花，像是有无数生命的信息不期然地来到人的脸上，将人的脸轻轻地咬开一个又一个小缺口似的。马环子一马当先，说吃下野粮食的都跟我来。刚翻过院墙，马环子手里的土枪就和他的主人的急脾气一样爆响了。李风禄家里人的人还以为来了土匪，忙忙开枪回击。一顿乱战之后，两下都伤了人，关键是把马环子打死了，出人命了。

免不了一场官司。

经审核认为：

李风禄打死马环子，属正当防卫，不负刑事责任，但是强抢民妇成婚，构成妨害自由罪，判处有期徒刑一年；

马拐拐夜入民宅预谋抢夺，开枪伤人，构成妨害秩序罪和伤害罪，合并判处有期徒刑一年；

何瑞汀（何张氏的公公）强迫卖婚，构成妨害自由罪，判处有期徒刑六个月；

何张氏与李风禄婚姻无效，准予无罪释放；

涉案大洋二百四十块，没收充公。

李风禄、马拐拐服刑期间，都托人给何张氏带话过来。

马拐拐说的是，为了何张氏，他把一个亲弟弟的命都搭上了，让何张氏不要有二心，他头一天出来，第二天就会去找她。已经把他弟弟的命送了，希望何张氏再不要歹毒着把他马拐拐的命也送了。

李风禄带信说，你肚子里要是有娃娃，那娃娃就是我的；要是没娃娃，你就安心等我回去，总要给我生上一个。

话是这样说，好在两个传话的人都还一时出不来。

在这样的时候，就在一个冬阳暖暖的下午，何张氏坐在她的闺蜜某某家伙房的门槛上，只要稍稍一侧脸，就会被阳光照到近乎透明的汗毛，后背里暖洋洋的。何张氏一边和伙房里忙着的某某说笑，一边从容地纳着一双不知谁的鞋底。

2018-1-14　银川

剃头匠

剃头匠丁彦禄吃完饭，用手抹过嘴，这才发现身上一文钱也没有带。他的窘态被对面坐着的卖扫帚的李胡子看见了，李胡子让他不要慌，自己给他代交上就行了，也就一碗面、一碟小菜，没多少钱。然而丁彦禄却好像一直不自在，欠了李胡子很大的人情似的。其实这也是因为性格原因，要是很多钱，值得一欠，也就欠了，为这么点钱欠人人情，不合丁彦禄的性格。丁彦禄说，你看这么个行吗？这顿饭钱，和我剃一个头钱差不多（其实剃一个头要的钱还要稍多一些），我看你的头发也长了，干脆我给你剃个头，你请我吃顿饭，咱俩就两清了，谁不欠谁。李胡子的头发其实并不太长，还可以凑合几天再剃头。但李胡子似乎连想都不用多想，就同意了丁彦禄的提议。丁彦禄这才轻轻松松说出一个多谢来。李胡子交了饭钱，两个人就往丁彦禄的剃头棚方向走去。

一面墙上贴着三五张通缉布告，右侧是文字说明，左侧是犯人画像，两个人就过去站在人群后面看了看。其中有一个名叫康小八的，是京津一带的惯匪，在几个被通缉的人里，算是名声最响的一个了。丁彦禄是一个在小棚子里给人剃头的，李胡子是个扎扫帚卖扫帚的，他俩其实和官啊匪啊的都不大容易有关联。两个人一边说着传说中的康小八，一面就往剃头棚里去。是一个刮风扬沙的天气，太阳像害过红眼病似的看着，街面上往来的人马车辆一律灰塌塌的，好像从这样的人群里也不会跳出一个康小八来。一个挑担子的人不小心撞了李胡子一下，不待那人道歉，李胡子就给那人道歉了。然后李胡子就给丁彦禄说了几句忍让是福逞强招祸的道理，说那些被贴在墙上追拿的人，要是懂得忍让吃亏的道理，会被人高高地贴在墙上让那么多人看并受他们的指点评说吗？丁彦禄诺诺连声，说比如就说康小八吧，名也有了，利也有了，年龄也有一大把了，该缓着了，再弄鸡飞狗跳的事就没意思了。李胡子总结说，他缓不住，他要能缓住墙上就不会有他的模样了。一路这样说着，就回到了剃头棚。

剃头棚里还有个年老的剃头师傅，正在给一个头发乱糟糟的人用心思理发，旁边还等着一个剃头的人。丁彦禄笑着给那个等着剃头的人说，抱歉，你先来，应该先给你理的，但是这个朋友，前几天就约好了，论排队是排在你前面的。那人拿细细的手指掏自己的耳朵，他也是好说话的，说我不忙，先约的先理吧，等等无妨。这样就给李胡子先理起来。

李胡子的名字听起来好像他的胡子怎么样，其实他的胡子并不怎么样，一点山羊胡而已。之所以被叫作李胡子，是跟他的扎扫帚有关，说他恨不得把葱胡子都扎成扫帚卖钱，大家把葱的根须叫作葱的胡子。葱长到一定时段，挖出来，每根葱都有一部大胡子。李胡子就是这么来的。因为吃了李胡子的请，丁彦禄给李胡子剃头就格外上心些，手续就多了些，正式剃头前在他的头上耳朵上还捏弄了捏弄，一边捏弄一边还说着康小八。认识的人之间剃头，总是会一边剃着，一边你一言我一语说些闲话。剃头棚里有些拥紧。中间一个火炉黑胖子一样占位置。地上的水盆里落着些头发。剃头棚里有着它这样的小剃头棚特有的味道，闻着这种味道，好像人的鼻毛要从鼻孔里痒酥酥地长出来了似的。你们说的就是那个打死主人的康小八吧？老一些的剃头师傅一边忍住了一个呵欠那样，继续着剃头，一边也有意无意地丢过来一句。李胡子被丁彦禄按着头，额头上弄出很多的皱纹来，说你知道这一出吗？知道就给我们说说。老剃头师傅拿手在自己的嘴前面罩了一罩，呵欠就在这样的遮掩里算是打过了。然后，他就这样那样地说起来，说得一切好像他都亲眼见过一并经历了似的。

康小八，天津人，有说是回族，本不姓康，给一个姓康的人家当保镖，就随姓了康。康小八给人当保镖之前，有三头毛驴，给人驮送东西挣钱过活。但是他自小跟人学了一身功夫，又不惜力，不怯场，和角上带刀子的牛也敢摔跤，就让康财主看上了，给康财主当保镖六七年。康财主给康小八买了一把英国造左轮手枪，三百发子弹，这就让康小八有了一手好枪法。康小八把衣裳挂在晾绳上，衣服还叫风吹得摆动不定。康小八和人打赌，三十米开外打衣裳上的纽子，说打第一个不打第二个，说打第二个不打第一个。这样一来，康财主因为有康小八这么个保镖，就使得一般的财主不好和他攀比。康财主希望康小八除保镖的身份外，能过上正常的日子，比如娶妻生子等，康小八好像不需要这些。康小八在这世上就是孤孤的一个人，连个亲戚好像也没有。有人给康财主耳朵里吹风，说康小八这样的情况，什么事都能做得出来，就怕你的光阴到一定程度时，一声枪响，你的成为人家的。架不住人一说再说，康财主动心思了。他想把枪从康小八手里收回来。康小八说，我练了多少年，给你你也不会用啊。你要看着谁不顺眼，使个眼色，你和他说着话，我上去一下把他就结果了。枪在我手里，就像在你手里嘛，我就是你的枪，你想打谁，我就打谁，还要枪干什么？康财主在这事上费过不少心思，都未能把枪从康小八手里讨回来。康财主甚至有了不再雇佣康小八的想法，把枪作礼物送给康小八，让他离开自己好了，但总是左思右想，没有把话说在前面。

一天黄昏，两个人去通州要账，路过一片庄稼地时，康财主忽然觉得气氛有些不对。康小八说，你是不是有些害怕？你不要怕，有我呢。又往前走了走，康财主说，不去要账了，改天吧，今天咱们先回去。康小八不明白说得好好的去要账，为什么忽然又不去了？康小八是黑白道上的人，自有他的是非曲直，是最好打交道也最不好打交道的人。他让康财主给自己个忽然不去了的理由，康财主竟给不出。康小八忽然变了脸，说我对你一心一意，你对我三心二意，给，你的枪你拿去吧，我们的关系到这里为止。说着就把枪给康财主。康财主把枪接过去，还等着康小八给他子弹袋。康小八说，子弹带在身上的不多，回去我给你。两个人就往回走，不去通州要账了。两边看不到边际的庄稼地里风吹得庄稼叶子哗啦啦响着。两个人已经走在夜影里了。不知怎么一来，就听一声枪响，一个人倒在地上。后来就是大家都知道的，康小八把主人给杀了。康小八不见了影踪，北平、天津都找不到他的影子。

说到这里，老剃头师傅给自己的顾客把辫子解开，梳理了一番重新辫好，一个头就算是剃完了。他的那个顾客这老半天就好像自己并不存在。好了，随着老剃头匠这样说一声，那人就站起来，首先给理发的师傅道了一声谢，然后拍打着自己身上的毛发，打量了一下剃头棚，好像要把这个剃头棚买下来似的。他显得黑瘦，刚刚剃过头的缘故，看上去像一个玉米粒脱净的玉米棒子。他付了剃头的钱，然后笑嘻嘻地对给自己剃头的师傅说，你们刚才说的那个康小八，你们见过吗？都说没见过。那人说，那就让你们见一下吧，我就是康小八。你们乱说我，我听了不高兴，枪里头的子弹够用，给你们一人一个吧。说着就在袖筒里露出蛇信那样一点枪头来，把两个剃头师傅，还有李胡子都打死了。那个等着剃头的人吓得脸上的黄土都出来了。康小八给他笑一笑，说没你的事，他们说我，你一句都没说，你再找个地方剃头去吧。

原本谁也不知道康小八的信息，康小八的一个相好，说自己母亲病重，需要一笔钱。康小八信任这个女人胜过男人，就悄悄来送钱给她，没想到她正是被清廷买通了的。虽然围堵拦截，康小八还是逃脱了，大致方向却是被掌握了的。清廷就请出形意拳大师尚云祥、马玉堂两先生去擒拿康小八，把康小八堵在一个小店里。尚、马两先生虽有一身好功夫，但忌惮康小八手里的枪，也不敢贸然靠近。后来还是康小八笑着，从店房里走了出来，把枪扔在一边，让跟随尚、马二人的兵勇把自己捉获了。兵勇用绳子绑康小八时，康小八只对着尚、马二人说，要开枪你二人打不过我；要不开枪我打不过你二人，枪毕竟是身外之物，赢了也没意思。和康小八一样，尚云祥也显得身形瘦小，他让兵勇不要用绳子捆康小八，保证说，康小八要是跑了找我来要。兵勇没有听他的话。

1904 年某月某日，康小八在北京被凌迟处死，给他行刑的是不比他名声小的刽子手蔡六爷。凌迟首先要在额头上割下两片肉遮住眼睛，免得看着惊惧。康小八说不必要，他要看着蔡六爷给自己行刑。蔡六爷满足了康小八的请求。旁边的一个监刑官看康小八受刑时一声不吭，就给蔡六爷使个眼色。蔡六爷暗中用一根钢针刺入康小八的心脏，正咬牙受刑的康小八，就像颈骨突然断折了那样，头重重地垂下来，好像风没有了，绷紧的旗子暂时收敛了它的威风那样。

要说的是，中国历史上，康小八是最后一个被施以凌迟之刑的人。此后不久，经光绪皇帝签署，中国彻底废除了施行了千余年的凌迟大刑。

2018-1-15　银川

小纸包

郭念生（三十二岁）的小儿子是光绪二十年走失的，直到光绪二十六年还没有找到。

郭念生想起出事那天，就像是一个古怪的永远无法醒来的梦，觉得无论怎么想都不真实，又好像觉得世上的事情里，唯有那天的事情是真实的，是值得计较和细细索解的。当时，郭念生的老婆大着肚子去街上买什么（现在就觉得买什么就是一个诱饵和圈套了，要知道会发生那样的事，什么都可以暂时不买的），都不记得自己当时是抱着还是牵着小儿子。她时而记得自己是抱着的，印象里好像自己的大肚子因此不舒服，时而记得不是抱着，是手牵着小儿子的。因为她有个印象，小儿子没走稳当，打了一下子软腿，就在小儿子趔趄着要倒下时，她顺手提拎了他一下。对她的这个回忆，郭念生用很脏的话骂了她。郭念生骂她说，你怎么没把你丢掉啊！她也是这样想的，是啊，我怎么把我没丢掉呢？她觉得自己是没有办法丢掉自己的。一切都好像安排好了设计好了似的，那天的主要任务就是自己把小儿子带到街上去，然后把他丢掉。

记忆恍惚而又清晰。她当时在店外面的小摊儿上买了东西，又拿去店里面的一个秤上再称一下，看称得准不准。要是不起这个念头，要是不称这一下，什么事也不会有。就是称了这一下，把儿子给称没了。她都不记得当时把小儿子领进了店里没有，细想又是一笔糊涂账，反正记得从店里出来，手里头和眼前头空空的，小儿子不见了，在附近找了几次都没找见。她觉得眼前头的世界一下子翻了个个儿，变得自己不认识了，古怪离奇了，荒诞不经了。两边的房子都是歪歪斜斜的，像气球一样软软的可大可小。一只狗吐了舌头原地那样跑着，忽然又跑到墙里面去了。来往的人都像纸片儿那样失了重量，移来飘去。其实那天街上并没有多少人，就算歹人抱走，就算小儿子自己走失，片刻工夫，就过了一下秤的工夫，就算跑，能跑多远呢？倒好像小儿子像一个气球或者一声不经意的咳嗽那样消失了。

长话短说，接下来就是郭念生连着几年这里那里远远近近地找儿子，好像他只有这么一个儿子，除了这个儿子，另外的三个儿子一个女儿都不算数。当然有人会劝郭念生，人要会活呢，不可以苦自己。造化给人窄路的同时，也给人宽路，就看你怎么看了，就看你从哪个角度看了。你要只想着那个不在眼前不在你手里的儿子，那么你就会觉得自己是个苦命人。你如果看到除了那个儿子，自己还有三个儿子和一个女儿，你就会觉得造化待自己实在不薄。郭念生的意思，只有没有丢过儿子的人，才会讲出这样荒唐的道理。为了找那个不知在哪里的小孩子，郭念生一家人受到的累害真是不可言道。最后，郭念生的老婆也劝起郭念生来了，她绝情地说，就当是死了，死的死了，活的还要活是不是？

光绪二十八年，当郭念生从山东肥城一路寻到宁夏平罗时，他身上一文钱也没有了。他在老周家店的房门旁坐着，好像连日头也不愿意多晒晒他了。同样住在老周家店里的梁文玉（四十六岁）就是这时候看到郭念生的。

梁文玉刚从街上回来，看到郭念生乞丐一样把自己丢在墙根下，但身上又有着乞丐绝不会有的一种东西，就上去问讯。后来，梁文玉就把郭念生领回店里，给他付了住店钱，并答应捐出三两银子，资助郭念生找儿子。原来他们不只是老乡，还有共同认识的人，真是有些巧了。梁文玉是个生意人，是做鹰的羽翎生意的，把鹰毒死，把它的羽翎拔下来买卖。他做这个生意很多年了。听说宁夏一带鹰多，他就赶过来了。生意人总是被生意的信息吸引和驱使着。梁文玉劝郭念生不要死找，死找是不容易找到的。找东西不是找到的，是机缘巧合碰到的，东西都如此，何况人。还不如郭念生一边跟上他做生意，一边打探儿子的下落。你辛辛苦苦找了这么多年，找到了没有？就是因为你就相信找，不相信碰。比如，我们两个老乡，一个找一个是不好找的，一个地方待着，半辈子过去了不是没有见过面嘛，但是要碰，在异地他乡一下子就碰上了，就说明碰比找可靠。梁文玉没有说动郭念生，郭念生说他要是想做生意，也等不到这时候才做，也不会到这里来做。他活着就是一个事，找儿子，找到了运气，找不到认命，就这么简单。郭念生说再过几年找不到，他就出家当和尚去。现在他的脚走坏了，多谢老乡出手帮忙，在店里歇缓几天，还是要动身，冥冥中好像有信息，他觉得儿子快要找到了。找到了你也认不得，原本小娃娃，如今大小伙子了，梁文玉说。郭念生说肯定有认的办法呢。梁文玉就不再勉强。勉强得厉害了，还会让郭念生起疑心，让自己不舒服。帮人也是越简单越好。

郭念生有些饿了，梁文玉让他在火炉上烧点水，自己出去街上买几个馍馍回来两个人吃。郭念生等老半天不见梁文玉回来，实在是有些饿了，就打开梁文玉的毛线口袋，里面东西杂乱，有小袋炒面，就取出半碗炒面来吃。在毛线口袋的夹层里，他还看到一个小纸包，单放着，显然是主人较为看重的东西，打开来一看，原来是白糖。白糖拌炒面虽然没有红糖拌炒面好吃，但毕竟是糖，郭念生就在炒面里和了一些，正吃着，梁文玉买馍馍回来了，说街上有人打架，看了一会儿。原本那么狠勇的两个人，公家人一来，就像把毬巴子拔掉了一样，变得比猫还乖爽。郭念生让梁文玉也吃一点炒面。水开得翻滚着，从盖着的壶盖边儿上也突突出来许多水汽。郭念生说，炒面干吃为好，你要是想吃开水冲的，就给你冲，梁文玉也说干吃好。吃了两口，梁文玉觉得味道不大对，说刚刚拿出来不久的炒面，怎么成这个味道了？郭念生说拌了白糖。哪来的白糖？你袋子里的。郭念生说着就取出了那个小纸包。梁文玉的脸色变了。

原来那不是白糖，那是梁文玉专门用来毒鹰的药。冰天雪地飞得多高的鹰，一旦吃上这个药，没有不很快交出自己的尸体的。郭念生说，你把我毒死了，谁去找我的儿子啊？梁文玉说，你把我害了，怎么能说我把你毒死了？两个人互相埋怨着，觉得药性马上就要发作了。一时倒没有什么不良反应，好像毒鹰的药对人不会有什么作用似的。很快开店的周老板知道了，拿来些解药让两个人喝下去。解药喝下不久，毒药的药性就真的发作了，倒像解药起了相反的作用似的。郭念生的嘴里流出血来。最后的结果是，郭念生吃的炒面多些，死掉了；梁文玉轻得多，又喝了周老板的解药，几乎没什么大碍。

临死前，郭念生还是做了自己应做的事，一是向老乡的出手相救郑重地表示了谢意，二是把梁文玉给自己的三两银子又还给了梁文玉。他终于不用再找儿子了。

梁文玉千里迢迢来宁夏做生意，结果鹰没有毒死一个，倒把自己的老乡给毒死了，真是做梦也没有想到会这样。宁夏就是鹰再多，他的兴趣也很有些索然了。

出了人命，总归是免不了一场官司。此案迭经平罗知县李含菁、平罗知县荣令春、兰州知府崇俊、甘肃按察使黄云、陕甘总督崧藩等一路审理，认定：

“此系误毙人命，如有再犯，须加一等治罪，照例由梁文玉付埋葬费十两，给付死者家属具领。店主老周并无灌救不及之情，特免于追究。”

2018-1-16　银川

麻布衫

咸丰八年五月初七，灵州杨在春（十八岁）前去庆丰当铺赎取爷爷的一件麻布衫，走过几条曲曲折折的小巷，看到前面的一块开阔地方围了一圈人，在看耍猴。他走过去，就看见一只小猴子，尾巴磨损得快没有了。它的把戏是，像爬树那样灵巧地爬上耍猴人的身子，抢下他的帽子来戴在自己头上，然后从耍猴人的肩膀上直跳下来，跑到一边，看耍猴人拿自己有什么办法。耍猴人好像比当众脱了他的裤子还要紧张，赶紧走过去，有些讨好地索要自己的帽子，表示自己这样一个秃头，没有帽子实在是不可以的。猴子淡定地看着一边，置若罔闻。耍猴人就给东西让猴子吃，猴子伸手来取时，耍猴人又缩回手去了。耍猴人连比带画，动作和表情就跟个万花筒似的，意思是小猴子须先交出帽子，才可以得到它想吃的东西。小猴子想了想，看样子想通了，于是就把帽子还给耍猴人。耍猴人的帽子歪戴在头上，好像随时都会掉下来。这时候看，帽子于他原来并不是很要紧的。他不知把一点什么东西给了小猴子，都还没有看清楚，就被小猴子塞进嘴里去了。很快小猴子就吃了一嘴火似的吐起来，吐个不停，猴爪子在嘴前面扇来扇去，就要追着袭击耍猴人了。原来耍猴人给了它一个干辣椒。耍猴人像是很害怕似的蹲下身子，两手护着脑袋，任小猴子爬上肩膀挠他、揪他、撕他的发辫，帽子也被小猴子扔到一边去了。这时候，一只饱经沧桑的老猴子，端了一个破碗，神情严峻地转着圈儿收钱了。谁要是给钱，老猴子就在很深的眼睛里流露出嘉许的意思，同时伸出手来和给钱的人握一握。杨在春一看老猴子端着碗快到自己跟前了，就从人群里挤出去了。一时散了不少人。

杨在春看到一个人的背影，喊了一声。那是杨在春的玩伴，叫田蒙肚子（十六岁），回族，年龄比杨在春小，块头却要比他大一些，两家在同一条巷子里，从小儿就要在一起的。杨在春说，你往哪里跑，也不看看那个老猴子的可怜？田蒙肚子说，一样一样，你不是跑得比我还快吗？他们之间并没有互相责备的意思，甚至为这份默契而感到得意。该花钱却没有花，总是让年轻人得意的。要是杨再春不喊那一声，田蒙肚子就走他的了。这一喊就把两个无干的人喊到一起。

知道了杨在春要去当铺赎取衣服时，田蒙肚子表示要陪他一同去，并建议此后两个人去田保举田善人的果园里偷杏子吃。已是阴历五月，杏子是可以吃了。我得先把布衫子送回家，才能去田善人的果园，杨在春说。田蒙肚子觉得这不是问题。两人到了庆丰当铺，当铺里只有一个老伙计朱时健，很快就把事情办妥了。说起来就不是多大个事。

杨在春把爷爷的麻布衫叠好，拿了要走，田蒙肚子却要自己拿上。为什么他要拿上呢？他说想试着穿穿。杨在春不给。杨在春说，一个老汉的衣裳，你一个小伙子穿什么？田蒙肚子说就是想试试，试着穿穿，穿一穿就脱下来。其实田蒙肚子穿穿也无妨的，试穿穿又穿不破，何况他大老远陪着过来了。但杨在春就是不想让他试。人有时候就是会有一种说不清的没有任何目的的固执。这固执大多时候也没有什么，有时候却会坏事。人是不知道这个的。见杨在春不给，田蒙肚子竟然笑嘻嘻地来夺了。我偏要试试，小气鬼，田蒙肚子抢过来说。杨在春说小心扯了小心扯了，说着并不放手。叠好的布衫子被拉开了拉乱了。两个人好像在用麻布衫拔河似的。朱时健先是还笑着看热闹，忽然就不耐烦起来，说你们要耍外头耍去，店里这么闹，别人还咋进来。到底是田蒙肚子力大，杨在春感到自己的力气不够用了，担心这样下去把布衫撕烂，忙乱中就一松手。田蒙肚子像一个被大力量带着的木桩子那样往后倒去，后脑勺正磕在当铺高硬的门槛上，麻布衫也脱手飞到当铺外去了。

十六岁的田蒙肚子就这样结束了自己短促的一生。

不只送了自己的性命，也还搭上了自己发小杨在春一命。

此案迭经灵州知州范植、宁夏知府郭襄之、甘肃按察使萧浚兰、陕甘总督乐斌等审理，认为：

“人犯杨在春以因戏而杀人者绞律，拟绞监候，待秋后处决。”

“朱时健因劝阻不力，罚金六两。”

陕甘总督乐斌据此题奏咸丰皇帝，咸丰皇帝准奏。

2018-1-16　银川

烟泡儿

小窗上的夜色依然乌蓝，但多少有些曙光的意思了。鸡叫声也显得短促含混，该起来的人早就起来了，不需要像样的鸡叫声了。李万寿就着一小块窗玻璃向外望着，感到失望。往往这个时候，甚至比这还要早，他只要在窗上例行公事地看一下，就会望见远远的角落里有一小方橘红，好似一睁眼就喂了他一个好橘子吃。那不过是随便看一眼而已，哪里像今天这样眼巴巴地望着啊，哪里用得着眼睛这样挨近窗户上的玻璃啊，都感到玻璃上的寒意了。往常这个时候，应该说，牲口的草料已经添上了，伙房里的水也应该担上了，马双娃说不定正在屁股一撅一撅地扫院子呢。但是今天，他看的地方没有动静，每天都能吃上的“橘子”没吃上。

长工不起来只好主家先起来吧，李万寿很快就穿好衣服下炕来，往长工马双娃住的小屋子去了。他的脚踩在清晨余剩的夜色里，感到有些深一脚浅一脚的。启明星还在，已经不是很醒目，哑巴一样远远望着，只看不说。马双娃的门好开，一推就进去了。马双娃靠墙坐着，两手捂着肚子，很痛苦的样子。原来他肚子疼，头上都疼出汗来了。李万寿已经看出些大概来了，原本准备好的话显然不方便再出口。他说你咋了，肚子不舒服？马双娃说肚子疼，就像个火鞭子在里头抽着呢。夜里睡着都好好的，忽然就疼了起来。马双娃请李万寿给自己准个假，他得回去缓一缓。马双娃回去的意思是回自己家里去。李万寿想都没想就说，你先忍一忍，我给你寻点药去。带上门出来，李万寿心里一时有很多想法。李万寿想不能叫马双娃回去，回去最少两三天，该他做的活计谁做？他回去缓病了，那么这期间的工钱咋算，是给还是不给？给的话给多少合适？想来想去，他就觉得马双娃最好还是不回去为好。夜里都好好的，忽然间疼起来，就说明不要紧，可能是气错了，也可能吃得不对了，可能冷着了，给他寻点药让吃上说不定就好了。要是放他回去，他就是走到半路上好了你也不知道，他就是好了也不一定马上就回来，不在你的眼皮子底下这些就都凭人家说了算，那就把活计耽搁下了。雇个伙计，最怕的就是伙计有病出事耽搁你的活计。这样想着，李万寿就去给马双娃找治肚子疼的药。

婆姨献上计策，说吸烟泡治肚子疼呢，人老五辈都这么治过肚子疼，让他把儿子的大烟泡吸上几口试试吧。儿子李烂眼子一夜未归，一定又是耍赌去了。李万寿拿这样一个又抽又赌的儿子没有办法。对儿子抽的大烟，李万寿深恶痛绝，想不到大烟有时候也可以用上一用。儿子的大烟在哪里只有儿媳妇买存花知道，李万寿让婆姨去找买存花，让她把大烟泡拿去给马双娃吃上两口试试。婆姨说，烂眼子知道了恐怕嚷叫呢。李万寿说，他嚷开了有我。他们把自己的儿子同着别人一样叫，也叫烂眼子。

买存花正在高房子里让马双娃吸食烟泡时，李烂眼子回来了。原本可以把烟具拿去马双娃的屋子里让他吸，但一是马双娃不会吸，需要买存花帮忙；二是买存花害怕李烂眼子，不敢把烟具拿出高房子。李烂眼子要知道买存花把自己都稀罕着吸的烟泡给一个长工吃，那就等于是她把天祸闯下了。烟具就在高房子里，还是在高房子里吸食方便。李烂眼子一般很少这时候回来。不知道在哪里混了一夜，他看上去很是狼狈。李烂眼子是回来睡觉的，但一看到马双娃正在吸食自己的烟泡，买存花也在，和马双娃在同一个屋里，睡意就没有了。他是那种无事生非的人，何况事情就在眼前。

马双娃扔下烟具就跑掉了，买存花也跑掉了。李烂眼子只是在买存花要跑的时候，撕下了她的一块衣裳襟子，转身就把撕下来的衣裳襟子扔到了炕炉里。李烂眼子站在高房台子上婊子嫖客地大骂，把他大他妈也卷着骂进去了，说羞死了羞死了，看着丑事情就在眼前头明打明弄着，老脸都往哪搭儿搁啊，装聋作哑咋装住了啊。家里好像除了李烂眼子，再没有别人，好像他对着一个空院子吼喊着骂着。邻居当然是听到了，但是不敢有谁来看李烂眼子的热闹。

在宁夏隆德这种民风古旧淳朴的地方，没有比这样的事更为伤脸的了。李万寿家的狗也好像慑于李烂眼子的威势，缩在窝里不出来。李烂眼子骂够了，就在高房台子上消失了。高房子的门像个禁忌似的关着，一天都没见李烂眼子出来。

到夜里点灯时分，高房子的灯也亮起来了。

买存花洗罢锅，不知道自己去哪里睡觉才是。婆婆说，两口子淘气，就跟牙和舌头一样，你还是到高房子里睡你的觉去。他是你男人能把你咋样？婆婆让买存花把吃的给李烂眼子端去，好脸给人家看，好话给人家。实话实说，马双娃的肚子疼，吃点烟泡治肚子疼，是你大的主意，害怕马双娃回去耽搁活计。就实话说，离了实话没说头。你一解释清楚，他心里的疙瘩解开，不是就没事了吗？越躲倒越是个事，好像真有啥事一样。李万寿支持婆姨的说法，说去了就这么说。你今儿说了，明儿我再给他说，把话说到，不然这土匪闯祸呢。

买存花决定到高房子里睡，去给李烂眼子说清楚。她要和马双娃一起去，叫马双娃也帮着解释解释，也是实话实说嘛。婆婆看公公。李万寿说，你问双娃去，双娃同意去，就一起去；不同意去，就你一个人去。她说了，马双娃同意去。

高房子的台阶上到一半，马双娃不想去了。他说我觉着自己去不合适。你们两口子，我去做啥。就是给你治肚子疼啊，你去解释一下嘛，你一个小伙子你怕啥。买存花都有些央求马双娃了。马双娃站在台阶那里不再动，说你先进去说，我后头进去。买存花就进去了。

买存花原本以为门闩着，没有，一推就进去了，这使买存花有一种还远远没有准备好的感觉。李烂眼子睡在炕上，听到响动，不情愿地睁开水济济的眼睛往门口看。买存花说，一天没吃了，先吃一点。看李烂眼子的眼神，和日常没有大的区别，好像忘了让他生气的事似的，买存花就把饭端到他身边去，让他吃。这时候，李烂眼子忽然伸出被大烟熏过的手来，一把攥住买存花的头发，一手就去取挂在墙上的腰刀。他显然吸足了大烟，不然手上不会有那么大力气。买存花不待他把腰刀扯在手里，就在李烂眼子的裤裆里狠劲抓了好几下。直到李烂眼子痛到忍不住松手了，她才放开了攥在手里的一个男人的蛋蛋。

买存花跑出来，见马双娃还站在高房子的台阶上，像一截乌乌的烟筒。你要劝你劝去，我劝不了。买存花说着余悸未消地下去了。要是买存花不说让马双娃劝的话，也许马双娃就跟着买存花下去了，但是买存花既然说了，马双娃就觉得自己应该上去劝上一劝，不然他会觉得没办法交代。马双娃推开高房子的门进去了，看见李烂眼子双手捂着自己的裆部胡呐二喊，滚来滚去。一见马双娃进来，李烂眼子得到了一股奇怪的力量似的，一下子把墙上的腰刀扯在手里，我把你个嫖客的儿，这样子骂着，腰刀就朝着马双娃砍过来了。比力气肯定是马双娃胜一筹，马双娃把李烂眼子拿刀的手臂捉紧，压实在炕上。同时害怕李烂眼子再骂自己嫖客的儿，这个话太重了，马双娃就在压住李烂眼子手臂的同时，用大手捂住了他的嘴。李烂眼子想张嘴咬马双娃，咬不了。不大的工夫，李烂眼子拿刀的手就松开了，头也软软地垂在马双娃的大腿上。

后来，一家人出现在高房子里，都不知说什么。李烂眼子的母亲也没有哭。大家都像是还没有完全明白过来，不清楚在这样的事情面前该如何作为才是。我进来的时节他就疼得一头汗。马双娃咕哝着说。最后，李万寿一锤定音，说，就说得急病死了，再啥话都不要说。李万寿这样说着，把每一个人的脸都看了，好像用这个方式给每个人都作了郑重交代。这样一个吃喝嫖赌的儿子没有了，李万寿两口子的心里不知道是什么滋味。埋要把娃好好埋一下呢。婆姨这样说着，眼泪终于下来了。李万寿的脸看起来就像好打牌的人又打输了似的。

这事情还没有完。

李烂眼子都埋了快半个月了，邻居吴满仓忽然找到李万寿家里来，有些神秘地说，有话要和李万寿单独谈谈。原来吴满仓要李万寿给自己二十两银子，不然就把他们家里的事说出去。我们家啥事？李万寿眼神阴冷地说。吴满仓说你们家啥事见了官家我再说，现在我和你不说。我家和你家就隔下一堵墙，你家的事情我就像在明镜里看一样。李万寿就和吴满仓商量价钱。最后说定十两银子，一年内付清。但是李万寿只付了吴满仓二两银子，不知怎么的，县府就知道这个事情了。

后来经隆德县知县陈文明勘验提审，以伤害人致死律，判处马双娃、买存花各有期徒刑八年。甘肃高等检察厅复审时持有异议，发还原审再审。经隆德县知事刘长基于民国四年复审，认为马双娃、买存花均属防卫过当，致死人命，即判处二人各无期徒刑，并褫夺公权各三十年。

2018-1-17　银川

二百九十文

光绪十八年七月某日，在平罗寻工的康成向同伴李旺借钱二百九十文，言明二人到石嘴山后，康成向亲友借钱归还。此后二人一路寻机打工，也挣到一些钱，李旺讨要时，康成总说有言在先，到石嘴山一定还上，决不食言，不到石嘴山就先不要说还钱的话。两个人出门寻活，也是一个离不开一个。康成能说会道，往往能寻来活计，也胆大，属于那种没有金刚钻，也揽瓷器活的人。这种能力，李旺确实没有。李旺是嘴拙手巧，笨活能干，巧活也能干。往往寻活谈价钱的事，都是康成的，埋头来干，还是要看李旺的。因为两个人的性格能力均可互补，也没有什么你多干了我少干了、你拿多了我拿少了的龃龉。一般来说，收入二人六四开，康成六，李旺四，两个人都觉得这个比例比较公平符合事实。照理说，康成的收入相对好一些，但康成的口袋好像常常是空的。钱在他的口袋里待不住，像个出笼的鸟儿似的，不是朝这个方向飞了，就是朝那个方向飞了。比如说，一个下苦人，竟然也去逛窑子。那样的地方，就算是抬，也把李旺抬不进去。李旺是属于那种大钱没有，小钱不断的人。两个人虽然年龄相仿，都是二十上下，但李旺已经娶妻生子，不像康成那样，见着个好看的女子就说是自己媳妇。李旺说，算下来你媳妇比皇帝的媳妇还多。康成说，只有一个媳妇的人其实和和尚也差不多。李旺只有与康成之间，还能咕咕哝哝说出几句来，要是再来一个人，两个人变成三个人，就不会听到李旺再说什么了。

八月二十四日一早，两个人搭顺车到石嘴山，距离康成借钱，过去了已经快一个月了。一到石嘴山，康成就说，你先闲转着等等，我找个朋友给你借钱去。他刚刚挣下的钱都已经花完了吗？没看到怎么花啊，反正他说找钱就让他找去。亲兄弟明算账，在别的事情上可以委屈吃亏，钱的事情上李旺向来都是很认真很计较的，所谓别人的一分不占，自己的一分最好也不要让别人白白占去。关键是，李旺的每一笔钱都有周密的计划和安排。比如，计划出来的一顿饭钱，因一个突发的事情被动支出了，李旺为了不打乱自己的计划，甚至于可以不吃这一顿饭让自己饿着。他在这方面忍耐克己的功夫算是不错的。也就是说，虽然那二百九十文被康成借去了，但很可能这笔钱早已列入了李旺的某个计划之中。如果到石嘴山康成还不兑现诺言，还这个钱，接下来的日子李旺就可能不知道怎么过下去了。康成一到石嘴山就说出找钱，正说明康成对李旺这个朋友是很了解的。李旺承认康成说出了自己的心里话。所以康成说要去找钱时，李旺连起码的一句客气话也没有。你要找就找去吧。依李旺的性格，看他手头的情况，这钱应该是早就还了，何至于拖到石嘴山。李旺也不明白，康成那么爽快伶俐的一个人，为什么在这些事情上要拖，迟还不如早还，迟还难道就可以不还了吗？和康成看到一个好看的女子就说是自己媳妇一样，李旺对康成的这些统统想不通。

李旺也不是没有离开康成的打算，两个人真是太不一样了，水里的和树上的区别啊，但就是离不开。说真的，比较来说，李旺觉得自己更加离不开康成。康成凭着一张嘴，总会骗到一碗饭吃。李旺发现活在世上，能说真是太重要了，一堆人里，谁能说，大家就会高看他一眼。一件事，大家都默不声响，沉默到一定时候，谁要是说出一句来，大家就会按他的办。本来不想那么办的也不由自主跟着人家走了，这一走有时候就会走出很远，想回都回不来了。要是能说敢说，就不会有这样的事，就不会脚下走着不是心里的路。李旺觉得，自己要是离开康成，可能连活儿都找不到。你说你能干这个活，谁信你啊，往往是干了才知道。但人家首先就不给你干的机会，没机会你的本事就无法显出来。见不得离不得，李旺觉得他和康成之间，正是这么一种关系，这句话把他俩的关系说尽了。

李旺知道康成对他也不是很满意，有时候甚至是极不满意。李旺在康成的眼睛里看到过他对自己的轻蔑，那神情那么确凿，就好像康成换了一双眼睛来看他一样。那么，自己就觉得康成好吗？挣钱全靠嘴，花钱如流水，有个啥好的。我看你正好比你看我，半斤八两，彼此彼此。李旺嘴上的话不多，心里的话还是不少的。所以有时候康成嘲弄李旺是个榆木疙瘩时，他背过身在脸上就流露出对康成的嘲笑了。我榆木疙瘩？我啥时候口袋里都有钱，你呢？李旺是这样想的。但是李旺平心静气地想一想，就觉得两个人见不得嘛且不说，牙和舌头的关系也就那样，但离不得却是确实的。算盘细细拨拉一下，倒是李旺更离不开康成。结伴谋生，总需要一个头儿，他们两个里面，毫无问题，李旺心服口服康成是两个人的头儿。有时候同样的活儿，就因为康成的原因，报酬会相对高一些。康成有康成的能力，他找活计的时候，谈价钱的时候，总是容易打动对方。有时候连李旺这个同伙也好像被康成说动了，身心言动都是倾向于康成的样子。好像在那一刻，康成说什么都是对的，李旺只需要配合以相应的表情即可，只需要对康成的话频频点头即可。那时候，两个人实际上就是一个人，就是康成，他李旺好像是没有的。当然有李旺在的时候，那样的时候，康成又好像是没有的。他们两个就是这样的关系。就算是康成凭自己的能力要来了高报酬，两个人还是四六分，康成并不会因此多拿一文钱。从这个角度讲，李旺因着康成是得了便宜的，按说那二百九十文，都可以不要的。然而这总归是两回事，李旺从心里坚定地这么认为。借的就是借的，借了就要归还，天经地义。

康成离开李旺就走了。日头还没出来，远远的山脊上像是正生着一个大火炉，里面长长短短的柴棒好像不大容易燃起来。灰凉的街上走着几个不认识的人。李旺不知道康成将会去哪里借钱，不知道康成所谓的亲友都在哪里。他也不知道康成去找钱的这段时间，自己该做什么。他是闲不住的人，这时候手里要是有个活儿埋头来干就好了。

二人分手的时候，言定在老马家面馆吃午饭，然后去码头坐金希的羊皮筏子去吴忠。他们经常坐金希的羊皮筏子。吃饭的时间到了，在老马家面馆，李旺并没有见到康成。在老马家面馆等了一会儿，虽然觉得饿，但李旺还是决定等见到康成一起吃。他还去码头看了看，河水很急，激情澎湃的样子，水面上的羊皮筏子像筛子里的旋着的粮食一样。金希的羊皮筏子还没有来，看来上筏子的时间还早。金希一天石嘴山、吴忠来往一趟，两边都要带夜。金希来了还要去吃饭。李旺觉得自己来码头的时候，也许康成就去马家面馆了，又急急赶回马家面馆。没有，面馆里那么多的人头里没有一个是康成的。肚子饿得受不了了，李旺就决定先吃，吃着等康成，他来了给他再要。往往和康成一起吃饭，总要稍稍地讲究一些，比如会要个菜啊茶啊，有时候康成还要加肉。李旺觉得和康成吃一顿饭，至少花了自己一顿半的钱。李旺虽然不满意，但只好随着来。今天好了，李旺一个人吃饭，就不必要派子了，吃个饭嘛，要啥派子？李旺就吃了一碗面，觉得真是吃美了，主要是物美价廉，不花冤枉钱。吃过饭，他在老马家面馆等了一会儿。吃过饭还坐在人家的馆子里，又不喝茶，是有些不像样子的，李旺就出了面馆，又来到码头。

金希的羊皮筏子在岸边，一个小女孩坐在边儿上看着，显然金希去吃饭了。河水有力地扑上岸来，像是要把小女孩卷到水浪里去。小女孩见惯不惊，照旧玩她的。她拿一个小木杯子舀着河水，又把舀到杯子里泛着泡沫的水泼回河里去，她一遍一遍乐此不疲地玩着这个。李旺想问她羊皮筏子啥时候走，又想有必要问吗，才那么大的一点人，正是全心在耍的年纪。就那样，李旺在河边站了老半天，直到金希来。金希的羊皮筏子载着几个人和一只脏兮兮的绵羊走了，还不见康成的影子。李旺觉得眼前望不到头的滔滔河水，就像全部翻卷在他心里那样。

李旺见到康成时已经到了快要吃晚饭的时候，街上又变作像早晨那样灰凉。日头还没有落，走了长路那样歇缓在远处的山头上，像是用一根竹竿子也能够捅下来。李旺是在一家妓院的门口见到康成的，康成躺在那里，已经死掉了。他是被妓院的护院师傅打死的。

听说他来妓院，倒不是专门来寻欢，而是打听到妓院有一个活儿，来揽活儿谈价钱。这个价钱谈好了，但是和女人戏耍的价钱没谈拢。说来这不算是很正规的妓院吧，在这过程中，竟然有人偷偷拿走了康成的钱。康成自认倒霉，要求给他二百九十文即可，他要拿这个给朋友还钱。但是妓院一方自有他们的说法，就打起来了，终于弄到不可收拾。

此案迭经平罗县知县陈季芳、宁夏府知府谢威凤、甘肃按察使裕祥、陕甘总督杨昌俊逐级审核，以斗殴杀人者不问手足、他物、金刃，并绞律，判处富代（殴杀康成者）绞监候，秋后处决。李旺因借钱引起事端，依肇衅酿命问拟不应重律，处杖八十。

钱没有一文要到手里，还被扒下裤子打了八十大板，李旺觉得自己和康成，真是一对倒霉蛋。

李旺后来总想起康成在妓院给他们揽活的事，心里不是滋味。他还从来没在妓院干过活儿呢。

2018-1-17　银川

身份证

金积堡谭家桥人吴彦祖，回族，从小给地主王文兆放羊，一天赶羊回来时发现不知怎么的，羊少了两只羊。吴彦祖每天出圈进圈的时候，都会数一下羊。吴彦祖数了几遍，就是缺了两只羊。这是没有办法向主人交代的。吴彦祖把羊赶进羊圈，带上栅栏门，就跑掉了，一路跑到陕北去了。那时候吴彦祖还十五岁不到。在陕北一带两三年，实在想自己的母亲，想着看一眼母亲哪怕死了都行，吴彦祖就偷偷回宁夏了。没有身份证寸步难行，吴彦祖虽然回来了，却不敢回家里去，怕被抓住以“逃丁”罪法办，怕为了看一眼母亲，再给家里带来麻烦。当时宁夏征兵任务很重，70 万人的宁夏，10 万人在当兵。要是以“逃丁”的名义被抓住，很可能成了那个“杀一儆百”的“一”。说是以“一”儆“百”，但这样一个一个细数下来，数目也是很令人震惊的。

弄到身份证以前，吴彦祖不敢妄动，暂时住在丁义仁的车马店里给他当帮手。吴彦祖做活计是一把好手，人又实诚，还不要工钱，就是个简单的吃住而已。丁义仁像是找了个不用给工钱的短工。这自然没有什么不满意的。吴彦祖还会主动地为住店的客人饮骡子喂马，使得客人也情愿住在丁义仁的店里。如果有一个身份证就好了，就可以不必提心吊胆的，甚至可以帮着吴彦祖说个媳妇把他留在自己的店里。没有身份证你就是个黑人，不查还好，一查着就等于一把火把店房烧了。就这样偷偷摸摸过了一个来月，丁义仁的理智终于战胜了自己的贪利心，不行，不能因小失大，不能在纸里头包火，不能一天又一天凭侥幸过活，能安安稳稳风平浪静这么一段时间已经很不错很难得了。丁义仁就给吴彦祖说，你确实是个好小伙子、好娃娃，但是请谅解，这里不能留你了。这里是个店房，来来去去、出出进进谁知道都是些啥人，要是透出点风声就不得了了。虽然从心里舍不得，但还是请便吧。

吴彦祖不知道出了这个门自己还能往哪里去。他请丁义仁帮自己想想办法。丁义仁就给他想了一个办法，说干脆你就卖身当兵吧，这样一来既免除了“逃丁”嫌疑，还可以趁机回家看看你妈妈。吴彦祖接受这个建议。但是去当兵也是需要身份证的。只要吴彦祖同意当兵，丁义仁是愿意再帮他一下的。丁义仁一直瞒着没说，其实他的小舅子杨英杰，就是本乡的户籍员。丁义仁就是通过这个关系给吴彦祖搞到了一张身份证，并且一路盯着吴彦祖当兵入伍进了军营，才觉得这个事可以放在一边了。吴彦祖在车马店无偿地帮了丁义仁一个来月。丁义仁帮吴彦祖办到了身份证，使吴彦祖有机会看到自己的母亲，丁义仁觉得，自己和吴彦祖之间，可以说谁不欠谁，两清了。

兵太多的缘故，后勤补给就有些吃紧，就显出凑合来，这一点从士兵的着装上就能看来。举一个例子，比如一个班按10人计，能领到袜子的不上3人，鞋袜等等多是由家里提供，吴彦祖就没有袜子。没有袜子就没有袜子，吴彦祖长这么大，穿过袜子没有？可能到他娶媳妇的时候才有望穿上袜子吧。平时在队伍里穿不穿袜子也没人管，有就穿，没有不勉强，大致就是这样的。吴彦祖没袜子穿，觉得自己并不因此缺个什么，光脚穿鞋早习惯了。有一天，长官要求每个人都要穿袜子，只需要穿一天，实际只需要穿半天，这半天一过，你哪怕打赤脚都可以。但是这半天，非同小可，必须要有袜子穿在脚上，因为队伍要受上面的检阅。是死命令，穿袜子涉及军容军纪，没有任何讨价还价的余地。有人就带信向家里要袜子。吴彦祖没有袜子，但是也没有向家里张口，让家人去哪里给自己找一双袜子来呢？其实可以向丁义仁求助的，想想还是算了。他想着到正式阅兵的时候，自己没有袜子会怎么办，会发生什么，想起来是很让人绝望的。

困境往往能逼迫出人的创造力来，不知谁的主意，竟然给光脚上弄出袜子来了，就是把伙房的锅黑弄下来，和成墨汁的样子，涂在脚上，不就是一双黑袜子了吗？大家高兴坏了，很快不少人的脚上都有了这样的袜子。吴彦祖的脚上，不用说，也有了一双这样的袜子。阅兵顺利地过去了，没袜子的人都舍不得把这袜子洗掉。也是因为过了一关，高兴的缘故吧，吴彦祖没有把牢嘴，说了几句可以这么听也可以那么听、可以这么理解也可以那么理解的话，一句话，要理解这样的话，不能看话的内容，要看说这话的背景和当时的气氛。实际上过了一关，松了一口气的吴彦祖说的不过是个玩笑话，比如他说，给长官建议一下，裤子也不用发了，就弄个这样的黑裤子穿吧，还直直的不打褶皱。类似这样开玩笑的话，不知长官怎么就知道了，就把吴彦祖弄过去教训了。真是没想到事情会越弄越大，不知怎么了一下，又传出吴彦祖其实是从陕北赤区那边过来的。上升到这个高度，每一个和吴彦祖见面的人神色就都严峻起来了，而且级别越来越高，好像给他们不小心寻到了一个大人物似的。最后的情况是，马鸿逵也亲自提审了吴彦祖。无论如何，吴彦祖在陕北有过几年的经历总是事实。

长话短说，马鸿逵提审过吴彦祖之后，就命令金积县县长白虹鉴把吴彦祖杀掉，同时命令须杀掉的还有两个人，一个是车马店老板丁义仁，一个是户籍员杨英杰。

白虹鉴觉得这样杀人似有不妥，拖着不杀，还运动金积县参议长董英斌站在自己一边，并邀约地方绅士十余人联名请愿。马鸿逵说："白县长，我们吃共产党的亏还少吗？你不杀他，我就杀你。"这样的情势下，吴彦祖、丁义仁、杨英杰三人，就被绑到金积县西城门杀掉了。

金积县参议会出的布告说："奉宁夏省主席马交到吴彦祖、丁义仁、杨英杰三犯，因破坏'身份证'、《户籍法》，进行共产党奸细活动，罪不容赦，本案又发生在本县境内，应由地方负责，经本会议决，应处死刑。爰于某月某日，验明正身，绑缚刑场，明正典刑，以照炯戒！"

杀掉吴彦祖等只三天，白虹鉴的县长一职就被免去了，让他去一个学校当了国文教师。

2018-1-18　银川

公冶长

1954年，民间文学家孙富生先生到内蒙古乌拉特前旗做采录工作时，遇到了蒙古族老婆婆秦地女和木匠孙贵。那时候，乡亲们闭目塞听，对上面下来的人，即使是个民间文学的采写者吧，也还是很热情的，主动推荐了不少他们认为的故事家。但孙富生先生发现，乡亲们所谓的故事家，只不过是能支离破碎地讲几段《三国》《水浒》一类的人。这些在孙先生看来，不过是唾余罢了。孙先生以自己的眼光和标准选出来的故事家使乡亲们有些吃惊，比如秦地女，连她自己也不清楚自己是一个潜在的故事家的。她不过是苦于孙辈的闹腾，晚上讲几个老掉牙的古今哄他们早睡而已。木匠孙贵，更是个榆木疙瘩，除了放屁有个声音外，再没有别的声音的。但专家总是有专家的眼光。孙富生先生后来就这次的采录成果出了一本书，叫《奶瓜瓜和牛夫妻》。此书在业内影响很大，收入四十则民间故事，其中从秦地女和孙贵那里采写到的故事几乎就占了全书的一半。

书后还有一篇长文，叫《略述六个村的采集工作》，是孙先生对自己那一段采录工作的回顾。文中多次提到秦地女和孙贵。尤其孙贵，孙富生先生更是念念不忘，愧疚有加。木匠孙贵为了给孙富生先生讲故事，让雇用他的王老汉扣了工钱。扣了工钱不说，孙贵还倒贴了一些进去，这是让孙富生先生一直不能释怀的。

关于秦地女，也有诸多可说之处，这里且只说说孙贵。

孙贵是一个木匠，1954 年，已是年过半百。他帮人做木活挣钱，养家糊口。孙富生先生发现他有讲故事的能力后，就要求给孙贵当小工，帮着拉个锯啊抬个木头啊什么的，不要工钱，只要孙贵给自己讲故事就行了。孙贵哪里被人这样抬举过，吭吭哧哧恨不能把自己的心掏出来给孙富生。他常常一边讲一边看孙富生的脸色，时刻都要打住或更换话题的样子。但孙先生好像听他讲什么都听得津津有味。看到自己讲过的东西被孙富生一个字一个字记录在本子上，孙贵有些承受不起，好像自己占了孙先生多大的便宜似的。吃饭休息的时候，孙贵会拿孙富生的记录本看看，看得极认真，然后总是有些仰慕地说，看不懂，咱们看不懂这个。好像自己讲的东西被记录之后，成了自己已然不能企及的某种圣物似的。我不会说嘛。我净胡说着呢。我说的你拣重要的记上几句，没意思的你就不要记。公鸡叫鸣呢，母鸡下蛋呢，我说来说去都是这些个。孙贵一边讲故事，一边不停地有这样一些插叙，好像不停地提醒着孙富生怎么样正确对待他才是。孙贵的确不是伶牙俐齿的人，也许因为少说话的缘故，他的确有些磕磕巴巴。但这在孙富生眼里不是问题，伶牙俐齿之辈他见得多了，可能说出孙贵的这些内容来吗？他要的是有价值的东西，不是油嘴滑舌之辈说的那些。孙富生在秦地女那里采写到的故事最多，九个，下来就是孙贵了。孙富生发现孙贵对讲故事也有些上心了。

孙富生发现孙贵并不是爱讲故事，他还是认定自己是一个拙嘴笨舌的人。他只是不愿意辜负了孙富生，让一个知识分子、笔杆子，给自己当小工。这好像是孙贵承受不起的事情，但又无计摆脱。既然孙先生还能把他的故事当回事，他也只能在这里倾尽所有了，尽一己所能了。孙富生说，听了孙贵讲的那么多故事，如果最终忽然来一句，你讲的这些都是啥呀，然后愤愤地撕掉记录本，想来孙贵一点也不意外的，孙贵一定会觉得原本就这样的。显然从始至终，孙贵都没有认为自己是一个难得的故事家，他的眼神里一直流露出孙富生先生走眼了，寻错了人的意思。既然孙先生寻错了人，他一个木匠，深不得浅不得，进不得退不得，只能将错就错，奉陪下去了。啥时候人家认清他了，不和他玩了，他就长出一口气，算是解脱了，一心当他的木匠就是了。孙贵的样子让孙富生心里难过。

孙富生甚至想，等孙贵的故事全部讲完，作为回报，多少给孙贵一点报酬吧。提前是不能做这个事的，这样的话也不能说的，那就好像用钱塞了孙贵的口，从他嘴里，再也掏不出什么来了。孙富生想，到时候孙贵要是不要钱，那就给点别的。话也好说，我们都姓孙，原也是一家人，不必太客气的。然而谁想到不但没帮上孙贵多少忙，倒让人家自己搭贴进去了不少。孙富生发现，孙贵常常在自己的记忆里寻找值得一讲的故事。出神或入神的样子，那是一眼就可以看得出来的。出神的时候就说明他是在寻找新的故事；入神的时候就说明他已经找到一个故事，在打腹稿，看怎么样把这个故事从自己的肚子里完整地弄出来。把一个很好的故事从自己肚子里拿出来给孙富生看，这在孙贵实在还是有些困难的。孙富生不停地鼓励孙贵，说你不要急。你没必要急。我都不急你急个啥。孙富生还说，你咋讲我都爱听。你放心讲你的，我会听呢。这一句很重要，孙贵因此会轻松不少，好像学徒无论手艺多差，只要有师傅帮着收尾，总是不会差到哪里去的。作为匠人，这一点他还是能明白的。孙富生有时候会由衷地夸夸孙贵，说你不知道你讲的这些多有意思，好极了。孙贵的表情就好像有人夸他生了一个孩子似的，连木匠活儿好像也不大会做了。孙富生觉得孙贵就像一个里面有金子的箱子，只是锁子不好打开罢了，里面有金子是确然无疑的。只要认定箱子里有金子，锁子再难开也是值得在这里花工夫的。

孙贵给孙富生讲《公冶长》的故事时，出了点小事，其实对一个有点小名声的木匠来说，也不能说是小事。木匠在别的事情上出事有情可原，唯在木活上是不能落下话把儿的。若是木匠在木活上出了漏子，以后谁还敢请你呢？这就算是自倒行情了。

讲《公冶长》时，孙贵正在蓝湖圪堵给一个姓王的老汉盖房。孙贵是傅家圪堵人。傅家圪堵距离蓝湖圪堵有二十华里，这么远还请孙贵，说明是对孙贵的高看了。孙贵这样的老实人手艺还是没问题的，盖房、做柜子、做风箱等等，说来都还拿手，满足个乡上村里的需要是没问题的，比如，新中国成立前，国民党乡长秦风生家的木活就是请孙贵做的。到县一级就难说了，孙贵也没有去县上揽过活。没必要跑那么远的，各有各的范围，方圆几十里的木活就够他干的了。孙贵除了会木匠活外，往柜子上画画，也会，只是有专门的画师，他不多事罢了。在孙富生看来，孙贵虽然看上去有些木呆，其实还是很有些艺术才华的。孙富生觉得，孙贵这个人，看上去是一个土豆，其实只要削去皮皮，就能让人吃出苹果的味道来。当然并非说苹果就比土豆好，谁也不能说这个话的。只是土豆具有苹果的味道，正说明着土豆的特别。千言万语，归于一句，孙贵也是一个有些特别的人。正是他的这一种特别，反而被村里人认为他是一个榆木疙瘩，除了一手木匠活外，再别无所能。这就有些小看孙贵了，谁知道孙贵都会做出些什么来呢？有些人就是被众人的看法束缚住了。

闲话少说，说孙贵给孙富生讲《公冶长》。公冶长，孙富生是知道的。这个人能听懂鸟语，他不小心惹了一只老鸦，惹得老鸦不高兴，设计陷害他。老鸦说，公冶长、公冶长，南山有个大绵羊，你吃肉，我吃肠。公冶长要是不懂鸟语也无事，但他偏懂，于是就照着老鸦的说，往南山去了，果然看到一大堆人围着看什么。公冶长以为人们在看大绵羊，就在外围喊，那是我杀死的，你们给我走开。人们听话走开，公冶长才发现那里原来是一个死人。公冶长出言在先，百口莫辩，就被下到大牢里去了。孔子知道公冶长的为人，一边设法解救公冶长，一边还在鼎沸似的议论声里把自己的女儿嫁给了公冶长，由此可知孔子的卓见和善断。这是作为学者的孙富生知道的公冶长的故事。没想到木匠孙贵也知道公冶长，但孙贵说出的公冶长，和孙富生所了解的公冶长已经很不一样了，这正是孙富生要听的地方。他就是要听听书面上的历史人物和民间传说中的历史人物有哪些不同，能相异到何种程度。

孙贵和孙富生一边锯檩子，一边讲《公冶长》。孙富生跟随孙贵这些天，帮着拉锯在他已不是多么困难的事了。反正负责拉送的还是孙贵，他只是顺承一下罢了。比如说相声，他最多只算个临时补缺，上台捧哏者而已。一边讲故事听故事，一边干活，倒也能干出成绩来。王老汉过来时，孙贵就不说了，把嘴牢牢地闭上，好像多一双耳朵来听，会使故事变了味道似的。孙富生知道这是孙贵的性格如此，不能勉强，而且他似乎也不愿有人参与到他们的事情中来。孙富生很理解地看着孙贵，更为卖力地拉起锯来，好像王老汉是一个监工似的。王老汉说，你们俩咕咕哝哝说啥呢？孙贵好像被问住了似的看孙富生，孙富生就给王老汉笑一笑，意思是没说什么，闲话而已。气氛明显地对王老汉有一种排斥，王老汉就讪讪地笑笑，说，人家两个还说机密话呢。他很知趣地走了。说什么和王老汉无关，把木活做好就是了。等王老汉走远，故事就接着讲起来。我刚才说到哪搭了？孙贵问。孙贵总是要这样问一句。其实他是知道的，但就是乐意这样问一句。孙富生也乐意提醒孙贵一下，使孙贵知道，自己确实是认真听着的，而且迫不及待需要再听下去。

那就赶紧接着讲起来。

孙贵讲的公冶长，和鸟无关，倒是和蟒蛇有关。

公冶长在山里打柴奉养母亲。山里有两条千尺大蟒，公蟒叮咛母蟒说，公冶长是当世贤人。他原本是可以在朝为官的，为了侍奉母亲，宁愿舍朝堂而就山野。我们碰到了皇上都可以吃，但是不能吃公冶长，吃了公冶长对我们不好。母蟒说，好。一天下过小雨，太阳出来，公冶长踩着泥泞的小路上山砍柴，忽然在阳光照亮着的一个拐角看到了一件很稀奇的事情。母蟒的背上，趴着一个笸箩大的蛤蟆。在微醺的阳光下，那两个都显出很受用、很陶醉的样子。公冶长知道它们俩在干什么。母蟒的头俯得很低，像是舒坦得要睡着了。蛤蟆则是向着天空张开涎水淋漓的大嘴，像在忍着不叫出声来。公冶长惊愕地看着这一幕，不小心蹬脱了一块石头，一路滚下去，不偏不倚砸在母蟒身上。母蟒的头像从地上猛地弹起来那样，僵直地举在了半空。公冶长来不及躲避，就给它看到了。隔那么远，公冶长看清母蟒的头是对着自己的，而且将自己认定了似的。公冶长下意识地躲了一躲，再探头看时，方才还似个香炉那样端坐在母蟒身上的蛤蟆就不见了，倒好像公冶长看错了似的。但是公冶长看到母蟒的身子被滚下去的石头擦破了，像雨后的大榆树被斧子挖去了一块那样。公冶长躲起来看着。母蟒高高地举起头来，好像在用它特有的目光寻找着公冶长。公冶长想无论如何，再不能给母蟒看到自己了。他有些后悔，觉得自己不该看到那样的事。看到秘密的事情总非吉祥。他隐蔽了一会儿，到底还是忍不住好奇心，又探头去看，发现母蟒大半个身子已经隐没在洞里了，余下的部分像一段自己走动的路那样，缓缓地缩回深洞里去了。公冶长想那洞真不知有多深。不可再多看，赶紧离开这是非之地，公冶长很快就离开了。他觉得自己两腿发软，好不容易回到家里，饭也不吃，就睡下了。公冶长的母亲好像明白公冶长遭遇了什么似的，也不多问，只是把她那老得不能再老的面孔挨近气息微弱的儿子，不停地向他的脸上吹气。

这时候，公蟒也回到了家里，见冰锅冷灶的，就很不高兴，问母蟒一天待在家里干什么，怎么连饭也不做？母蟒从深暗处爬出来，给丈夫看自己的伤口，哭诉说，你还常常说公冶长是个君子贤人呢，哪里是？实际上他是个小人，坏透了。今天下午小雨过后，阳光出来，我出去晒太阳，公冶长就偷看我，还笑我赤身裸体，往我身上扔石头。看看吧，这里就是公冶长扔的石头砸破的。公蟒一生气，一下子好像整个洞里都装不下它了。它安慰妻子说，你好好养伤，我去去就来。一路来到公冶长的家，听到公冶长正和母亲说什么，它就在窗外听，磨着牙齿，想且让他们说，一会儿就把这母子俩都吃掉，好心得不到好报啊。正这样想着，忽然听到公冶长和母亲正说着它们家里的事呢。它就隐在窗外凝神听起来。

公冶长确实在和母亲说今天看到的事。母子之间，这确实是难以启齿的事，但是公冶长的母亲有些不同。公冶长总觉得自己的母亲好像有一千岁了，人间的许多事情可以约束自己，但不好约束母亲。有些事情他就是要问问母亲才能清楚。这世上的人，皇帝，公冶长也见过了好几个，但是他们身上都没有母亲身上这样的威严和气息。母亲有时候会没来由地感慨说，我是公冶长的母亲啊。公冶长听了惭愧极了。那天被母亲面对面吹了一阵后，公冶长感觉好了许多，又睡了一觉，汗水把被子都湿透了。公冶长醒来时正是半夜，母亲就在身边，公冶长听到了鸡叫。母亲看了他一会儿，说好了，过去了，然后要公冶长把他看到的说说，好像这才到了公冶长要说的时候。公冶长就一五一十地说了。公冶长不安地说，难道阴阳可以这样地乱配吗？他的母亲不高兴地说，这些个贱虫，阴阳两界能跨，这个界是不能跨的啊。窗前忽然亮了一些，这是因为公蟒悄悄离去了。屋内突然增加的亮光，使公冶长的母亲回了一下头，看到窗子给人蝉蜕那样的感觉。

孙贵的故事讲到这里停住了。故事明显还没有完，但是却不得不停住，出事情了。因为两个人专注于故事，有心无意地拉着锯子，就把一根最大的檩子锯坏了，多锯掉了一截，有半胳膊长。孙贵一下子从故事里清醒过来，拿尺子一遍遍量，好像多量几次，就能量出让自己满意的结果似的。然而，显然是不小心锯掉了。覆水难收，锯掉了就是锯掉了。孙富生毕竟不是木匠，刚开始还没有明白过来。等他明白过来时，就立在一边不知说什么好了。两个人谁也不看谁的脸。一时间，孙富生觉得像这样收集民间故事真是无聊透了，这可真是把孙贵害死了。他那么老实老好的一个人，全都是为了给自己讲故事，才成了这样。故事有那么重要吗？多讲一个少讲一个有什么打紧呢？孙富生看着那绝情的锯茬儿，感觉好像自己的身子被锯掉了一段似的。不能让孙贵为难，自己要来承担这个责任。孙福生就说，事情已经这样了，多想无益，后悔也无益，就要想办法解决问题呢。檩子是锯坏了，但世界上也不只有这一根檩子，咱们可以买来赔他。这个事情，说到底怨我，我要是不听故事，就没有这个事。问问王老汉多少钱，由我来赔。这一说，孙富生就觉得轻松了不少。孙贵好像没听到孙富生的话似的，一言不发地取着锯齿上的锯末，还看着那边的屋子，好像时刻担心着王老汉过来那样。和刚才讲故事时相比，他好像完全换了一个人。可以赔的呀，比这更为贵重的东西损坏了都可以赔的，何况只是一根檩子。孙富生心里这样对孙贵说，但是说不出口。他觉得孙贵还是把这事看得过于严重了。后来孙富生反省说，他不是木匠，想法自是和孙贵不同。他要是孙贵，可能就会觉得不仅仅是个赔的问题了。后来的结果是，孙贵自己赔了损失。工钱之外，孙贵和王老汉商量，又赔了30块钱，而且木活也不再做了，让王老汉另请高明。孙富生觉得孙贵这样做，是太不顾及他的感受了。赔再多的钱他也是愿意的，他只是要争到赔的权利。但孙贵不允许。每每孙富生说这样的话，甚至把钱拿在手里要给他时，孙贵总是一句话，那咋得成？听来简单的话，却像是大铁锁一样，将孙先生死死地拒在了门外。

故事自然是再也听不成了，孙富生带着这半个故事回去了。这样的结果是孙富生无论如何也料不到的。原本还想着善始善终，在结末之际，好好给孙贵表示一下心意，现在还怎么表示呢？怎么表示也是填自己挖的坑了。带着这有头无尾的故事，孙富生离开了乌拉特前旗。他的心绪如何，只有他自己知道了。

重新听公冶长的故事，已到了 1979 年。这期间世上不知又发生了多少事。仅就孙富生先生来说，他就当了二十多年“老右”。不少“老右”没能熬下来死掉了，孙富生熬了过来。一代中国知识分子的命运大多如此，在这里是不必多费笔墨的。要说的是，孙富生终于活下来了，又回到了自己喜欢的民间文学领域。此等幸运，无异重生。孙富生先生是深知这一点的。与其痛定思痛，莫如抓紧时间劳动起来。这是孙富生先生当时最为清晰坚定的思路。比起死了的，自己还活着；比起疯了的，自己还算清醒。这就好。重新着手民间文学的第一站，孙富生就回到了乌拉特前旗，回到了傅家圪堵，故地重访，自是感慨殊多。孙富生觉得，自己是那么地想见见孙贵。事业的重新起步，就从见孙贵开始吧。孙贵，老朋友，时间把我变得不像样子了。我就带着这个不像样子的自己来看你了，把那没讲完的故事给我讲完吧，留半截儿在你的肚子里你也是不舒服的嘛。孙富生先生想着一见到孙贵，第一句话就是，我要我的那半截《公冶长》来了。

但是，孙富生先生跑空了。孙贵已不在世上了，孙贵在 1975 年就去世了。

遗憾当然有，却并不十分意外。原本孙富生也还有些侥幸心理的，想孙贵有手艺，又习惯于无声响地活着，又全然活在底层，老百姓的闹腾和上面的闹腾总归还是很有些不同的，那么孙贵是可以活得长久的吧。但真的听到孙贵的死讯孙富生却并不意外。孙富生还记得一个一起劳改的老右，后来是有些半疯了，总是习惯于见人就劝谏说，好死不如赖活着，好死不如赖活着，口头禅似的，边说边频频点头，像自己在不断地肯定着自己。和孙富生一样，这个人也幸而活到了可以平反的时候。但是孙贵却死掉了。孙贵的死没有多少说头，他一个木匠，六〇年没有饿死，七五年病死了。

孙富生让孙贵的孙子把自己领到孙贵的坟上，然后让孙贵的孙子回去了。他一个人在孙贵的坟上整整坐了一个下午，好像不舍得离开这里似的。坟草萋萋，孙贵带走了多少故事呢？一堆黄土，阴阳两隔，不能把睡在土里的人叫出来讲故事了，一想真是寂寞得很。眼看着大日头坠下山去，孙富生坐在坟边，还是一动不愿动。

孙富生在孙贵家住了两天。他从补发的工资里拿出一部分来给孙贵的儿子，说当初来傅家圪堵时，因事借了孙贵的一笔钱，这些年一直惦记着要还，没有合适的机会，现在是该还了，再不还就要带债去墓里了。孙贵的儿子犹犹疑疑地接了，后来却又还回孙富生，说没有听老人生前说过这方面的话，因此不敢收。父亲孙贵是一个很认真、很细致的人，钱财往来，一笔一笔，都用他的木匠笔在一个小本子上以自己的方式记着。我们一家认真查了那小本子，没有见到和这笔钱有关的东西。他没记我记着呢嘛。孙富生几乎要哭出来了。孙贵的儿子就拿来那个小本子，给孙富生看。孙富生只好作罢。

那么就不好再住下去了。

但就在孙富生要离开傅家圪堵的头一天晚上，孙贵的儿子却主动给他讲了那个《公冶长》的故事。这是孙富生没有想到的。他就想着来寻孙贵讲《公冶长》了，没想到别的路径。孙贵的儿子坐到很晚还不走，看来有什么事情不好说，一遍一遍地用手指弹灯花。后来，孙贵的儿子就鼓起勇气说，《公冶长》的故事我也是知道一点的，孙叔实在想听，我就鼓着劲讲讲。不然大老远来，空着手走，两方面都是一个遗憾。

孙贵的儿子说，我的《公冶长》的故事并非从父亲那里听来，是从别处听来的。父亲从来不给我们说古今。果然他一开口，孙富生就听出他们爷儿俩讲的不是一个《公冶长》。孙富生偏过头去稳定了一下情绪。这么多年过去，去而复来，难道单就是为了听这样一个故事？难道除了孙贵，还有人能讲出我喜欢听的《公冶长》吗？

孙贵的儿子已经讲起来。孙富生闭了眼睛听着，好让孙贵的儿子不要看到他还没有听故事，就已经激动了的样子。

下面是孙贵的儿子讲的《公冶长》。

说是公冶长很有学问，不好仕进，砍柴为生。山里有一座石洞，洞里有两条蛇，一条白蛇，一条黑蛇，二蛇系夫妇关系。白蛇是公的，黑蛇是母的。白蛇常对黑蛇说，什么人都可以吃，公冶长不可以吃。我们虽然是毒虫，但是也不能乱吃。黑蛇说好。公冶长砍柴，常常要从石洞的上端走过去，能看到石洞。

一天，下过小雨，太阳出来，暖洋洋地照着。这时候，公冶长忽然看见，一条巨大的花蛇，从山后面过来，向四面警惕地看看，然后爬进石洞里去了。公冶长想，从来这里都是一条白蛇、一条黑蛇，哪里来的花蛇呢，是不是自己在阳光下眼花了？这可不是个小事情，眼见为实，一定要看个清楚才是。于是公冶长就躲在一边等着，柴也不打算去砍了。日头很是暖和。老鸦在半空里飞来飞去，想把屎拉在公冶长的头上。公冶长在山坡上几乎睡着了，这时候忽然听到了动静，他就向石洞那里一看，果然是黑蛇爬出来了，左左右右地爬一爬，然后把尾巴像个笤帚那样拍几拍，就见洞口那里往外一秃噜，又出来一条大蛇。公冶长擦亮眼睛细看，果然不是白蛇，果然是一条花蛇，这回无疑是看清楚了。花蛇经过黑蛇时，有意撞了撞黑蛇的身子，然后就吃饱了打着嗝那样离去了。黑蛇把头举高了看着，直到花蛇在远处的山坡上完全消失，才把头缓缓地落回地上。公冶长一看气不打一处来，就扔了一块石头下去，端端地砸在了黑蛇身上，把黑蛇的肚子砸起一个大包。黑蛇痛得张开嘴来，但是却没有声音。公冶长紧躲慢躲，觉得自己还是让黑蛇看到了。公冶长就觉得自己真是多事，给黑蛇看见可不是什么好事情。

公冶长没有砍柴，直接回去了，心里郁郁不乐，就寻了一个朋友在家里喝酒闲话。

话说两头。石洞那边，白蛇回来了，见冰锅冷灶的，不高兴，责备了黑蛇几句。黑蛇说，你看我这个样子能给你做饭吗？就从深暗处爬出来给丈夫看，肿起来的地方就像它吃了一头牛犊子。白蛇问缘由。黑蛇哭着说，今天天气晴好，它出去晒太阳，正好公冶长从前面路过，它记着白蛇的话，睁一只眼闭一只眼让公冶长过去。要是换一个人，它只需举头轻轻吸一下，就能把他的魂吸掉。但是公冶长给好不知好，看它在那里晒得舒服，气不忿似的，一脚蹬下一块大石头来，它来不及躲，就给砸成了这个样子。黑蛇哭闹说，这就是我听你话的结果。白蛇也气坏了，说你先等一会儿，我去去就来。

白蛇摸到了公冶长的家门口，正好公冶长和朋友在喝酒闲话，公冶长借着酒劲，给朋友说起了今天的见闻。白蛇原本想一下子闯进去，听到话头好像是在说自家事，就强压怒火，上房去偷听。听了只一半，白蛇就离去了。公冶长和朋友酒喝多了的原因，白蛇趴在房上的时候，房顶压得低下来一大截，就像个草帽子戴在眼窝里，两个人也没有察觉。

过了几天，公冶长在街上卖柴，一个高个子的白衣男子走上来，买了他的柴，并约他到一个小屋子里喝酒。白衣男子拿出一壶特制的酒来给公冶长喝，公冶长喝了一口，味道怪怪的，不愿喝了。白衣男子说，这个酒是好酒，喝上对身体好得很，不要怕它的味道怪。说着自己先喝了一大杯。公冶长就陪着他喝，前后也喝了不少。这时候，那个白衣男子说，我给你说实话吧，我知道你是公冶长先生，我就是你常见到的白蛇。昨天，你和你朋友说的那些话我都听到了，谢谢你。但是我也恨你。你要不说，世上不是什么事也没有吗？世界还不是照旧原原本本平平安安吗？但是你一说，世界就不同了，就不能是原本的样子了。我给你说实话，刚才咱们喝的，就是我的老婆黑蛇，我把它杀了，熬成汤，刚才咱们喝的就是。白蛇说着，十分古怪地对着公冶长一笑，就不见了。公冶长觉得恶心，恶心极了，一步不动就开始吐，吐啊吐，吐了老半天也没有吐出什么来。

从那往后，公冶长就有了总是呕吐的毛病。

孙贵的儿子走后，孙富生先生便就着油灯，录下了这个故事。一九七九年，傅家圪堵还没有电灯，正好适宜记录这样的故事。孙富生先生打算把孙贵和他儿子讲的《公冶长》都编入自己将要出的书里，编辑为《公冶长·一》《公冶长·二》，是两篇，而不是一篇。

窗外，星光灿烂，神秘的夜风轻拂着窗纸，像这世上有着无尽的故事，可以供人一遍遍复述和聆听似的。

2013-3　银川家中

后记：素材与孵育

写作三十年来，总有二十年，我一直在写老家那块地方，写乡土，写自己的经历见闻，这样的写法，素材是容易写完的。我又是虚构力不强的写作者，每写一篇作品，总要有个实实在在的人物或事件，或者是细节，作为触动点、激发点，这样才可以写起来。无中生有、平地起楼的能力，我是不具备的。重复写作又是写作之大忌，所谓作者不累读者累。一天，读到莫言先生的一篇文章，正是谈素材的，也说到一个作者，无论经历多丰富，闻见多广博，在素材方面也总是有限的。如何保持素材的持续性和新鲜感，莫言先生说到他的一个法子，就是看到他乡他人的事情，有必要写成小说，就做一个置换的工作，把他乡变作自己的故乡高密，把他人换作自己的亲朋邻里。这样，素材不就多起来了吗，陌生的不就转为熟悉的了吗？

一语警醒蠢笨汉。

我除了写作，还有个爱好，就是数十年如一日爱逛旧书摊，陆陆续续收到许多旧书和资料，有时翻看着，心为所动，觉得很多人事尘封故纸堆里，其实是有必要拎出来再给大家看看的，有必要再梳理梳理说道说道的。所谓旧事泛新意者是也。借鉴莫言先生的法子，我先把找到的资料在心里贮存起来加以酝酿，好比母鸡孵蛋，所孵的蛋未必是自己亲生的，但只要全心全意、尽心尽力孵育了，也会孵化出活活泼泼、健健康康的小鸡娃来。

我的此类写作,《公冶长》算是第一篇。嗣后近十年，我大量收集和消化自己收到的各种资料，写了许多与我绝无关联的人物和事件，写了唐太宗、陈玄奘，写了苏东坡及乌台诗案，写了弘一法师，写了慈禧和珍妃，等等。

在我是一个训练和挑战。

算是摸着石头过河。

我一直觉得写作就是摸着石头过河的事。

有过这样一个写作上的训练和实践后，我要是再回头去写我的老家，文笔和视角都会有些不一样吧。

我最终的写作目的和理想，还是要回到写生我养我的那块乡土，这是独属于我的素材和资源。

谢谢北岳文艺出版社，给我的这样一个带有尝试性和挑战性的写作机会，给了包容和助力。

2022-7-4 银川